世界经典动物小说精粹

名家·名编·名作　强强联合

动物小说大王
沈石溪
主编

黑骏马

[英] 安娜·休厄尔 著
向丽娟 译

二十一世纪出版社集团
21st Century Publishing Group

图书在版编目（CIP）数据

黑骏马 / （英）安娜•休厄尔著 ； 向丽娟译 ； 沈石溪主编. —南昌 ： 二十一世纪出版社集团，2023.2
（世界经典动物小说精粹）
ISBN 978-7-5568-6002-9

Ⅰ. ①黑… Ⅱ. ①安… ②向… ③沈… Ⅲ. ①儿童小说—长篇小说—英国—现代 Ⅳ. ①I561.84

中国版本图书馆CIP数据核字（2022）第027866号

黑骏马
HEI JUNMA ［英］安娜•休厄尔/著 向丽娟/译 沈石溪/主编

出版人	刘凯军
策　划	吴童文化
执行策划	童海青
责任编辑	朱　莹
美术编辑	王　桥
插　图	张亚宁
出版发行	二十一世纪出版社集团 （江西省南昌市子安路75号　330025）
网　址	www.21cccc.com
经　销	新华书店
印　刷	江西千叶彩印有限公司
开　本	889 mm × 1300 mm　1/32
印　张	8.75
字　数	154千字
版　次	2023年2月第1版
印　次	2023年2月第1次印刷
书　号	ISBN 978-7-5568-6002-9
定　价	25.00元

赣版权登字-04-2022-114

金子般的心肠

——为“世界经典动物小说精粹”丛书作序

沈石溪

全世界所有的少年儿童都喜欢动物，都对动物感兴趣。孩子通过和猫、狗、鸡、燕子、蟋蟀等走兽飞禽昆虫打交道，才从感性上逐步认清人类的价值和人类在地球上的位置。正由于少年儿童和动物这种天然的友谊，描写动物的作品才经久不衰，备受青睐。

动物小说不同于传统的动物童话、动物故事和动物传记文学。比起动物童话来，动物小说受物种自然属性的严格限制，不能随意违反常规改变描写对象的行为特征，而要讲究科学性和真实感。比起动物故事来，动物小说的笔触由动物的行为层面进入心理层面，形象由类型化上升到个性化，并注入哲理意蕴。

比起动物传记文学来，动物小说注重艺术构思，作品充满想象力和浪漫色彩。

动物小说破译野生动物的行为密码，揭示不同物种间的行为差异，具有知识性和趣味性，能满足青少年读者强烈的求知欲。动物小说的主人公是动物，动物受弱肉强食的自然法则支配，生活惊险曲折，命运跌宕起伏，特别适合青少年读者的阅读口味。动物小说所描写的对象不受人类法律、道德和社会习俗的钳制和束缚，善恶美丑浑然一体，更接近生命的真实。动物小说折射出人生的复杂与严峻，让读者从中感知到人世间种种悲剧与问题的原始起因，窥探到生物层面上的终极答案。由此，动物小说经得起时间的淘洗，具有久远的生命力，理所当然受到青少年读者的钟情和迷恋。

这次，由二十一世纪出版社集团和上海吴童文化工作室联袂推出的“世界经典动物小说精粹”丛书，可以说是世界动物小说的精品荟萃和艺术盛宴。世界动物文学形成已有一百多年历史，作品汗牛充栋、卷帙浩繁。而这套书中的作品，每本都是精中选精，优中择优，包括《黑骏马》《莱茜回家》《忠犬波比》《野性的呼唤》《白牙》《西顿野生动物故事精选》六部国外作品。可以说，每一部作品都是某个时期动物小说创作隆起的一道山脉，都是世界动物文学王冠上的一颗明珠，都是人类文化宝库中的精品和不朽之作。

这六部作品涉及五位作家。请允许我对这五位作家一一做个简要评述。

加拿大的欧内斯特·西顿是享有国际声誉的作家，是动物小说这一文学体裁的开创者。西顿出生在英国的南希尔兹，六岁时和家人一起去加拿大。他学过自然科学，后来又到法国学过写生画，既是作家，又是博物学家和画家。他天生喜爱动物，年轻时就开始悉心观察、研究大自然的飞禽走兽；后来又在加拿大的草原开办农场，亲自饲养各种动物；曾在巴黎举办个人画展，展出他的动物画。1898 年，他的《我所知道的野生动物》出版。他为八种不同的动物写“传记”，从它们幼时写到衰老或由于人类的暴虐无道而夭亡。这本书获得极大成功，奠定了他不可撼动的“动物文学之父”的崇高地位，也使得他在经济上获得了独立，并赢得了美国总统西奥多·罗斯福的友谊。一个多世纪以来，西顿的作品一直是热爱动物者的必读经典，广受世界各国青少年的喜爱。

阅读西顿的动物小说，能强烈感受到他热爱大自然、热爱野生动物的伟大情怀。西顿因为热爱野生动物，所以对肆无忌惮猎杀和迫害野生动物的人予以强烈的谴责。西顿曾公开说过：“自由的野生动物有着高贵的自尊和伟大的情感，它们也是我一生中见过的最富有人情味的生命。我们人类才是一群靠着发达的头脑肆意毁灭自然、践踏生命的野兽。”西顿毫不隐讳地表达了这样一个理念：在人与动物的关系中，动物常常是无辜的受害者，卑鄙下流、不讲信义的反而是人。惊世骇俗，振聋发聩，直逼人心！这样的观点，在今天看来，也许算不了什么，但在一个多世纪前，环保意识远不如今天这般深入人心，以动物的纯真来反衬人类的卑鄙，以动物的善良来对照人类的贪婪，以动物的美丽来反观人类的丑陋，是需要极大勇气的。西顿可以说是全世界首位野生动物代言人和保护者。不仅他的动物小说给几代读者带来美的享受，他敬畏生命、尊重野生动物的理念，也深刻影响了后来的动物小说作家，成为动物小说创作永恒的价值追求。

杰克·伦敦是世界文学史上享有崇高声誉的作家，也是动物小说的开山鼻祖。他一生的经历非常复杂。他是私生子，当过报童，做过工人，当过盗贼，蹲过监狱，做过水手，上过捕鲸船，做过淘金者，做过记者，甚至当过拳击手。他只活到四十岁，因对生活绝望而自杀。杰克·伦敦的写作时间也很短，他 1899 年发表第一篇文章，1916 年自杀身亡，创作时间仅十八个年头，却留下了五十多部作品，也算是一位高产作家。他最著名的作品是长篇小说《热爱生命》，该作品讲述的是一个淘金者被同伴抛弃，迷路于荒野，与一只病狼争夺活下去的机会，最后杀死病狼，靠吃狼肉走出了迷途的故事。

杰克·伦敦还创作了“野性三部曲”：《野性的呼唤》《海狼》《白牙》。这几部描写动物和野性的小说，用黄钟大吕为动物放声唱出一支狂野的歌，被誉为动物小说的经典之作。“世界经典动物小说精粹”丛书收录了杰克·伦敦两部最重要的动物小说——《野性的呼唤》和《白牙》。

《野性的呼唤》写一条名叫巴克的狗目睹人世间的冷酷无情，最后在荒野狼群的呼唤下逃入了森林，变成了狼的故事。《白牙》描写的是一只有四分之一狗的血统的混血狼。它从小失去父母，在弱肉强食的丛林里受尽残酷生活的折磨，被迫去做“斗犬”。人在狗身上押注赌钱，让猛犬自相残杀，人在一旁观赏取乐。经过一系列变故，白牙九死一生，身上伤痕累累，心灵也遭受严重创伤。它仇恨同类，仇恨人类，仇恨一切，变成一只暴戾、残忍、变态的狼。这个时候，它遇到了新主人斯科特先生。斯科特先生代表了人类的理性、正义和宽容。更重要的是，斯科特先生有一颗包容残缺生灵的爱心。在斯科特先生的悉心调教下，白牙感受到了生命的温情，因爱而对主人忠心耿耿，变成一条忠勇的狗，最后与入室作恶的歹徒搏斗，拼死护卫主人的家庭。

杰克·伦敦虽然写的是动物，但他身为现实主义作家，笔锋所指就是那个时代混乱不堪的美国社会，批判把人异化成兽的恶劣生存环境。

这两部经典动物小说揭示了这样一个跨越时空的主题：饥饿与贫穷会把人变成兽，把狗变成狼；互相仇恨无助于改变苦难的生活，只会让生活变得越来越糟糕；只有爱和信任，才能从根本上让大家消除偏见，过上祥和幸福的生活。

从艺术角度看，这两部作品结构精美完整，把“野性—堕落—叛逆—转变”的过程写得环环相扣，天衣无缝，合情合理，顺理成章，令人信服；语言鲜活优美，极具表达力，无论是描写狗，还是刻画人，都能写出其特征和个性，将其活灵活现地展现在读者面前。

这套丛书中另一部堪称经典的动物小说是《黑骏马》。这是19世纪中叶一位英国女作家的作品。有意思的是，这是一位仅有一部作品的作家。安娜·休厄尔十四岁时意外摔伤膝盖，落下残疾，从此终生离不开拐杖。她对动物充满仁爱之心，尤其是对马，视之为生活中最好的伙伴。她驾车从来不用鞭子，而是通过缰绳的变化和自己的话语来指引马。出于对人类虐待动物的强烈不满，她花六年时间创作了《黑骏马》。她希望通过黑骏马苦难而又辉煌的一生唤醒人们的善心和同情心，“要仁慈地对待动物”。虽然安娜·休厄尔一生只写了一本书，但这本书却为她赢得很大声誉，自出版之后就轰动欧洲文坛，被译成多国文字，畅销不衰，广泛流传，还多次被搬上大银幕。这部书的问世，还影响了动物文学的发展趋势。这是第一部以马作为主人公的小说。以马的视角来看世界，这在以前的动物文学里是从来没有过的。因此，《黑骏马》被誉为“第一部真正的动物小说”。

收进这套“世界经典动物小说精粹”的还有英国作家埃里克·奈特写的《莱茜回家》。这是一部写狗的小说，主角是一条名叫莱茜的狗，它忠诚、勇敢、执着、善良、坚韧……与主人结下了终生不渝的友情。这部小说以当时一只苏格兰柯利犬的真实故事为蓝本写的小说，带有明显的纪实文学风格，用最真实、最细腻、最感人、最温情的笔触描摹出动物丰富深邃的内心和情感世界，抒写了生命的尊严和自由的梦想。世界上写狗的作品有很多，但唯有《莱茜回家》被公认是“关于狗的全球性经典小说”。这部小说一出版便荣登畅销榜，不仅成为美国每月读书会特别推荐图书，而且出版三年后被世界著名电影公司米高梅公司搬上银幕。影片大获成功，也一举捧红了当年的童星伊丽莎白·泰勒。此后的半个多世纪里，莱茜的故事又被英国、加拿大、日本等多个国家改编成七部电影、一部广播剧和一部电视连续剧。莱茜也因此成为长盛不衰的明星狗。

丛书里最后一部外国小说是美国作家埃莉诺·阿特金森写的《忠犬波比》。这部小说也是写人与狗之间生死相依的高贵情感。作者是长期从事新闻工作的记者。据说这部小说的素材来源于真实发生的事件。小说的情节并不复杂，写的是一只名叫波比的小狗与老主人相依为命的故事。老主人病逝后葬于教堂墓地，波比忠诚不渝地守护在老主人墓旁，至死也没改变。波比的忠贞受到人们的广泛尊重，波比死后得到了一座属于它自己的纪念碑。这个题材与人心冷漠、世态炎凉的西方社会无疑形成了鲜明的对照，通过描写狗的行为来反观人类自身的行为，具有很强的针对性和特殊的现实意义。

毫无疑问，这套“世界经典动物小说精粹”的出版，是动物小说一次辉煌的展览，一次威武雄壮的检阅。

值得一提的是，这六部作品都是请既精通外文，又具有很高文学素养的翻译家重新做的翻译。新译本既保留了经典的高品质，在文字表达上，又恰当地融入了中国元素和时尚元素，增强了文学魅力，可以说是一种文化的提炼和艺术的雕琢，使得作品焕然一新，更适合中国读者阅读。

这套书也精选了我的一些动物小说代表作，放在《沈石溪动物小说精选（一）》和《沈石溪动物小说精选（二）》两本书里。

最后，我要为这篇序做一个破题：为什么要用“金子般的心肠”来做这篇序的题目呢？首先要介绍这句话的出处。这句话出自波兰著名作家扬·格拉鲍夫斯基之口。扬·格拉鲍夫斯基也是一位优秀的动物小说作家，曾写过《乌鸦天使》。我借用扬·格拉鲍夫斯基这句名言，想表达三层意思。第一层意思，与扬·格拉鲍夫斯基相同，在与动物的长期交往中，我也深有感触，那些可爱的动物有“金子般的心肠”；第二层意思，那些用心血来描写动物灵性的作家也具有“金子般的心肠”；第三层意思，喜欢阅读动物小说的青少年读者都是热爱大自然、关爱生命的人，善良仁慈，也有“金子般的心肠”。

人人都有“金子般的心肠”，世界就会变得越来越美好。

是为序。

于上海梅陇书房

目　录

第一部分

第一章　我最早的家 / 3

第二章　狩猎 / 8

第三章　我的调教 / 12

第四章　伯特威克庄园 / 18

第五章　美好的开端 / 22

第六章　自由 / 27

第七章　辣姜金杰 / 29

第八章　辣姜金杰后来的故事 / 35

第九章　欢蹄梅里 / 40

第十章　果园里的谈话 / 44

第十一章　直言不讳 / 53

第十二章　遭遇暴雨 / 58

第十三章　魔鬼的标记 / 63

第十四章　詹姆斯 · 霍华德 / 67

第十五章　老马夫 / 71

第十六章　马房失火 / 75

第十七章　约翰 · 曼利的教导 / 81

第十八章　快去请医生 / 87

第十九章　只因无知 / 92

第二十章　乔 · 格林 / 95

第二十一章　离别 / 99

第二部分

第二十二章　伯爵府 / 105

第二十三章　奋起反抗 / 111

第二十四章　安妮小姐 / 115

第二十五章　鲁本 · 史密斯 / 123

第二十六章　悲惨的结局 / 128
第二十七章　每况愈下 / 132
第二十八章　包租马和赶车人 / 136
第二十九章　伦敦佬 / 141
第三十章　窃粮贼 / 149
第三十一章　失职的马夫 / 153

第三部分

第三十二章　马市 / 159
第三十三章　伦敦的出租马 / 164
第三十四章　老战马 / 169
第三十五章　杰瑞 · 巴克 / 175
第三十六章　礼拜天的出租马车 / 184
第三十七章　工作准则 / 190
第三十八章　真正的绅士 / 195

第三十九章　破烂山姆 / 200

第四十章　可怜的辣姜金杰 / 205

第四十一章　肉店老板 / 208

第四十二章　选举 / 212

第四十三章　偶遇贵人 / 215

第四十四章　老上尉和接班人 / 221

第四十五章　杰瑞的新年 / 227

第四部分

第四十六章　杰克斯与淑女 / 237

第四十七章　悲惨岁月 / 243

第四十八章　农场主和孙子 / 249

第四十九章　我最后的家 / 254

译后记 / 259

附录一　作家档案 / 264

附录二　作品万花筒 / 265

第一部分

第一章　我最早的家

我能真真切切地记起我的第一个家。那是一大片宜人的草场，还有一个清澈的池塘。池边茂盛的绿树把枝干伸展到了池面之上，灯芯草和睡莲则扎根池底。从这边的树篱望过去，是一片犁过的耕地；从那边的树篱望过去是主人家的大门，就在路边。草场上方是一片冷杉林，下方地势陡然降低，一条小河从那里流过。

那时我还小，不会吃草，还得靠妈妈的乳汁为食。白天，我在妈妈的身边跑来跑去；晚上，我紧紧地依偎在她身边。天热的时候，我们在池边的树荫下纳凉；天冷的时候，就到树林边暖和舒适的马棚里去。

到了我会吃草的年纪，妈妈就白天出去干活儿，晚上再回来。

除了我以外，草场上还有六匹小马驹。他们都比我年长，有几匹几乎和成年马一样高大。我曾和他们一块儿奔跑，玩得非常开心。我们一起绕着草场一圈又一圈地狂奔，使出了十足的劲儿。他们不光跑得快，还会又咬又踢，所以有时候我们玩得很粗野。

一天，我们踢得正欢，妈妈嘶叫了一声，把我唤到身边，对我说：

“下面我跟你说的话，希望你能留心听好。住在这儿的都是很好的小马驹，但他们是拉货车的马，因此，自然不懂什么规矩。而你出身名门，血统纯正。你的父亲在这一带很有名声，你的祖父在纽马克特[①]赛马比赛中得过两次奖杯，你的祖母则是我见过的脾气最温驯的。我想你也从来没见过我尥蹶子或者咬人吧。我希望你长大以后脾气温和，举止端庄，绝对不要染上坏毛病。你要心怀友善地履行职责，小跑时四蹄要高高抬起，即使玩耍时也不要咬，不要踢。”

我从未忘记母亲的这番教诲。我知道她是一匹明理的老马，我们的主人十分器重她。她的名字叫“公爵夫人”，但主人总是叫她“宝贝儿”。

① 纽马克特：英国东部萨福克郡的城镇，有三百多年的赛马历史，是英国最有名的纯种马赛马中心。——译注（如无特别说明，本书脚注均为译注）

我们的主人是一个仁慈善良的人。他给我们可口的食物、舒适的住处，对我们不吝美言。他和我们说话的时候十分亲切，就好像在和自己的小孩子说话一样。我们都很喜欢他，妈妈爱他尤为深切。只要一看到主人来到门前，妈妈就会欢乐地长啸一声，小跑到他面前。他会拍拍她，抚摸她，对她说："嘿，老宝贝儿，你的黑子还好吗？"我浑身乌黑，所以他叫我"黑子"。然后，他会给我一片面包——当然很美味，有时候他会给妈妈带来一根胡萝卜。所有的马都会围到他身边，但我觉得只有我们才是他的最爱。到赶集的日子，总是妈妈拉着双轮轻便马车把主人带到镇上去。

有个叫迪克的耕童①时常会到我们的草场上摘树篱上的黑莓吃。等他吃得心满意足了，就来捉弄马驹取乐，朝我们扔石头和棍子，我们被打得只能跑走。我们觉得也没什么大不了的，只要跑远就行，但有时石头打过来还是会伤到我们。

一天迪克又来寻开心，根本没注意主人就在旁边的草场上。主人站在那儿看了个一清二楚，他猛地翻过树篱，一把抓住迪克的手臂，狠狠扇了迪克一耳光。迪克被打得

① 耕童：干农活的男孩，主要职责是在犁地时牵耕牛。

又惊又痛，嗷嗷大叫。看到主人来了，我们都跑过去看个究竟。

“臭小子！”他说，“臭小子！竟敢撵小马驹。这已经不是头一两次了，但绝对是最后一次。给，拿好你的工钱滚回家去。我的农场再也用不着你了。”从那以后，我们再也没见过迪克。照料马匹的老丹尼尔和主人一样好心肠，所以我们的日子过得无忧无虑。

第二章　狩猎

在我还不到两岁的时候，发生了一桩让我终生难忘的事。那会儿正值早春时节，头天晚上还下了点儿霜，树林和草场上依旧迷雾弥漫。我和其他马驹在牧场低洼处吃草，忽然远处传来什么声音，像是狗叫。最年长的那匹马驹抬起头，竖起耳朵说："是猎狗！"说完就跑了起来，我们紧随其后到了草场的高地，在那儿可以望见树篱外的几片草地。妈妈和主人的另一匹老坐骑也站在一边，看样子他们什么都明白。

"他们发现了一只野兔，"妈妈说，"要是他们往这边跑，我们就能看打猎了。"

没一会儿，猎狗就从旁边的麦地上冲了过去，把新长的小麦踩得七零八落。他们发出的吼叫我从没听过。那声音不是狂吠，不是号叫，也不是哀鸣，而是扯着嗓子不停地“哟！哟，噢，噢！哟！哟，噢，噢！”后面赶过来一队策马疾驰的男子，有几个身穿绿色外套。妈妈身旁的老马打起了响鼻，眼巴巴地追随着他们的身影。我们这些小马也巴不得能跟上去飞奔，但一转眼他们就消失在低处的田野里了。这时，他们好像停了下来，狗也不叫了，而是把鼻子贴着地，四处跑来跑去地嗅着什么。

“他们闻不到味儿了，”那匹老马说，“说不定那只野兔能跑得掉。”

“什么野兔？”我问。

“唉，我也不知道是什么野兔。多半就是我们林子里的野兔。不管什么野兔，只要能撵得出来，人们就会带着狗去追。”不一会儿，猎狗又开始“哟！哟，噢，噢！”地叫着，全体飞速折返，沿着那道陡峭的溪岸和岸边的树篱往我们这片草场直冲过来。

“这下我们能看见那只野兔了。”妈妈说。只见一只野兔惊慌失措地从我们身边蹿过，朝着树林跑去。穷追不舍的猎狗跳过河岸，穿过小溪，横冲过草场，猎人则紧跟在后。六个或八个人纵马跃过小溪，紧跟着猎狗。那只野兔想从篱笆里钻过去，但篱笆太密，她只得掉头朝大路逃命，但为时已晚，猎狗狂叫着扑了上来。只听得一声尖叫，她的小命就没了。一个猎人骑马过来，用鞭子把猎狗轰走，免得他们把野兔撕成碎片。他拎着野兔的一条腿，野兔遍体伤痕，鲜血淋漓。在场的绅士们却都一副看得心满意足的样子。

而我呢，我被吓呆了，竟然没注意到溪边发生了什么。等我反应过来，看到的却是一幅悲惨的景象。两匹骏马摔倒了，一匹在溪水里挣扎，另一匹在草地上呻吟。一个骑手裹了一身的泥浆从水里走上岸，躺在地上的另一个却一动不动。

“他的脖子摔断了。”我妈妈说。

“那是他活该。”一匹小马驹说。

我也这么认为，但妈妈并不同意。

“哦，不，”她说，“你们不能这么说。当然了，虽然我是一匹老马，大小事情见得多，也听得多了，但我还是一直不明白人们怎么那么喜欢这种消遣。有更省事的办法不用，结果往往搞得人伤马残，还把田地踩得一塌糊涂，归根到底只为了逮一只野兔或者一只狐狸，要么就是一头母鹿。但我们只是马而已，我们是不懂的。”

妈妈在说这番话的时候，我们一直站在那里看着，我们的主人也目睹了眼前的一切。骑手们都跑到那个年轻男子身边，但主人最先过去把他抱了起来。年轻男子的脑袋朝后仰，胳膊耷拉着。大家的表情都很严肃。四周没一点儿声音，狗儿们也沉默了，似乎也知道出事了。他们把他抬到主人家里。之后，我听说那是年轻的乔治·戈登，本区乡绅的独子，一个高大英俊的好小伙儿，是他家人的骄傲。

随后，骑手们分头行动，有的去请医生，有的去找马医，当然也去了乡绅戈登家通知他儿子不幸的消息。马医邦德先生赶来看了那匹躺在地上呻吟的黑马，从头到脚又按又摸，最后摇了摇头。这匹马断了一条腿。然后有人去我们主人家拿了一杆枪。很快那边就传来了砰的一声枪响和一阵撕心的尖叫。之后便是一片沉寂，那匹黑马也不动弹了。

我妈妈十分忧伤，她说她认识那匹马很多年了，他的名字叫“罗伯·罗伊”，是一匹勇敢的好马，从没干过什么坏事。她后来再也不去那片草场了。

没过几天，我们听到教堂的钟声响了又响。透过大门，我们看到一辆样子不寻常的、长长的黑色马车，上面盖了黑布，拉车的也是黑马，后面跟了一辆又一辆的车，而钟也一直在敲哇敲。他们要把年轻的戈登送到教堂墓地下葬。他再也不能骑马了。至于他们把罗伯·罗伊怎么样了，我就不知道了。但这一切只为了一只小野兔。

第三章　我的调教

现在我长得越来越英俊了，我的皮毛柔软厚实，毛色光亮黝黑。我有一个蹄子是白的，前额上还有一颗漂亮的白色星星。人人都觉得我漂亮极了。主人在我满四岁之前是不会把我卖掉的。他说男孩不该像大人那样工作，小马驹在完全长大之前也不该像成年马那样劳作。

我四岁时，乡绅戈登来看我。他检查了我的眼睛、嘴巴和腿，仔细地拍一拍，捏一捏，还让我在他跟前走几步，跑起来，再快跑一会儿。他好像很喜欢我，说："这匹马好好调教一下，一定会很棒。"我主人说他要亲自调教我，因为他不想让我受惊或受伤。他一点儿没耽搁，第二天就开始了。

大家可能不知道什么叫调教，那就让我来解释一下吧。

调教就是教马戴上马鞍和马笼头，驮上男士、女士或小孩去他们想去的地方，一路不急不躁。还要学戴马轭、后鞧[①]和臀带[②]，上马具的时候还必须一动不动。随后，给马身后套上马车，任他行走或小跑，就都得拖着一部车子了。走快走慢还必须听车夫指挥，不能看见什么活物就去追，也不能和其他马讲话；不能乱踢乱咬，休想随心所欲，即使累了饿了也要遵从主人的意愿。但最糟糕的是，马具一旦套上，马再开心也不能蹦跳，再疲劳也不能躺下。这下你知道了吧，调教是件大事。

我早就习惯了戴最简单的牵马绳和没有衔铁的笼头，把我牵行到田野和小巷里我都很安静。但现在我要学戴衔铁和骑马笼头。主人像平时那样喂我吃了些燕麦，用好话哄了我半天才把衔铁放到我嘴里，然后把笼头系好。这下可难受极了！嘴里没含过衔铁的人没法想象这有多讨厌！一根有成人手指那么粗的钢条，冷冰冰地塞进你嘴里，硌着牙齿，又压着舌头，两端还从嘴角伸出来，用皮带系紧了，和头顶的皮带一起一勒，脖子上再固定一道，鼻子上

① 后鞧：穿过马尾根部后，两头交会并与马鞍后部相连的一条皮带，松紧可调节，用来防止马鞍和胸带向前滑动。

② 臀带：兜住马匹身体后部的结实皮带，与车辕相连，常用在拉大马车的马匹上。通常马停下后，马车还在往前滑行，这时臀带能起到缓冲作用，车就不会撞到马的后腿。

再绕一圈，下巴那儿也再拴一道，这样一来，你就无论如何都甩不掉这个硬邦邦的讨厌东西了。这种感觉太难受了，没错，难受死了！至少我是这么认为的。但我知道妈妈每次出门都要戴笼头，所有马儿长大了都要这样，何况还有美味的燕麦、主人的安抚、亲切的话语和轻柔的训练动作，所以我还是戴上了笼头。

接下来就该上马鞍了，这倒没那么受罪。老丹尼尔牵住我的头，主人轻轻地把马鞍放到我背上，把肚带在我肚皮下面系紧，全程都不忘拍拍我，和我说话。然后给我一点儿燕麦，牵着四处走走。主人每天早上都重复这些步骤，直到我开始自己去找燕麦和马鞍。终于，主人在一天早晨骑上我的背，绕着柔软的草场走了几圈。这种感觉很别扭，但我得说，能驮上自己的主人让我感觉很自豪。后来他每天都骑着我走一会儿，我也就慢慢习惯了。

下一个苦差就是钉马掌。一开始也不容易。主人亲自和我去了铁匠铺，生怕我受伤或受惊吓。铁匠托起我的脚掌，一只一只地把蹄壳修掉一点儿。我没觉得疼，所以安静地用其余三条腿站着，直到他把四只都修完。然后他拿起一块形状和我的蹄子一样的铁片，扣到我脚掌上，再用钉子钉到蹄子里，这样马掌就牢了。我觉得脚下又僵硬又沉重，但过段时间就习惯了。

这些都完成以后，主人继续教我戴马具。还有各种东西要往身上戴呢。首先是把一个又硬又重的马轭挂到我脖子上，然后在笼头上配了厚厚的遮光片，也就是马眼罩。这眼罩名副其实，戴上后我就看不到两侧，只能看到正前方了。随后是一个不大的马鞍，后面连着一条硬硬的皮带，穿到我尾巴下面，那就是后鞧。我很讨厌后鞧，它让我长长的尾巴只能一直翘着，还被这条环形的皮带夹住，简直跟含衔铁一样难受。我从来没像现在那么想踢人。但我不能踢我的好主人，所以慢慢地我就习惯了，可以像我妈妈一样干活了。我可不能忘记讲一讲训练中的一件事，那件事让我受益匪浅。主人把我送去附近的农场主那里待了两周。那个农场主有一片草场，一侧紧邻铁路。我和那里的绵羊和奶牛圈养在一起。

我永远忘不了第一次看到火车开过时的情景。当时我正在一道隔开草场和铁路的栅栏边静静地吃草，忽然听到远处传来一种奇怪的声音，我还没搞清楚声音是从哪儿传过来的，只见一长串的黑色大家伙轰隆隆地冒着烟飞驰而过，没等我喘过气来，它就不见了。我转身就逃到草场的另一端，站住了，惊魂未定地打着响鼻。

在那一天里，还有很多列火车经过，有些开得要慢一点儿。在附近车站停车的火车常要在一番刺耳的尖叫和嘎

吱嘎吱的吵闹后才停住。我觉得很可怕，但那些奶牛只管静静地吃草，任凭这些恐怖的黑家伙喷着烟、吭哧吭哧地来来去去，他们却连头都不抬一下。

头几天我都没法安心吃草，但我发现这“大妖怪”不会蹿到田野上，也不会伤害我，我也就熟视无睹，很快就和奶牛和绵羊一样不在意了。

从那以后我看到很多马儿一见蒸汽机车，或听见蒸汽机车的声音就惊恐不安，停在原地不敢走了；而我呢，即使在火车站也和在自己的马厩里一样不慌不忙，这得归功于我那好主人的关爱。

总之，要想成功地调教一匹年轻的马，就该这样做。

我的主人经常让我和妈妈套上双马挽具，坐我们的车出去，因为妈妈步伐稳定，比起陌生的马能更好地教我如何拉车。她说表现得越好，待遇才会越好，所以最明智的做法就是全心全力让主人满意。“不过，”她说，“世人皆有不同，有的像我们主人一样善良体贴，所有的马都以为他效力为荣；有的恶毒残忍，根本不配当马儿或狗的主人。此外还有很多蠢人，虚荣又无知，性情冷漠，从来不费心去动脑筋，这种没理性的人毁掉的马最多。他们不是有意的，但结果仍是这样。我希望你以后能到个好人家。但马不知道谁会买他，谁来驾驭他，我们都只能靠运气。但我还是要说，不管在哪里都要踏实干活，永远保护好你的名声。”

第四章　伯特威克庄园

这段时间，我常常站在马厩里，皮毛天天被刷得乌油发亮，像白嘴鸦的翅膀一样。五月初的一天，乡绅戈登家过来一个人，把我牵出来带到门厅。我的主人说："再见，黑子，做一匹好马，千万别懈怠。"我没法说"再见"，所以就把我的鼻子放到主人手里，他温柔地拍拍我，我就离开了我的第一个家。后来我在乡绅戈登家住了好多年，我就来讲一讲那个地方。

乡绅戈登的庄园在伯特威克村的边上，进庄园你得先过一道大铁门，那儿也是第一个门房；随后踏上一条平坦的道路，路两旁古树成荫，一直走就能到下一个门房和大门，进去就是主人的房子和花园。再往远处走是自家的围场、旧果园和几所马房，有足够的空间养很多匹马，停放很多辆马车。不过，我只需描述一下分配给我的马房就可以了：那里很宽敞，共有四个舒适的隔栏，一扇大大的推窗，面朝院子，景色宜人，空气新鲜。

第一个隔栏四四方方，很宽敞，有一扇木门可以关起来。其余几间都是普通的隔栏，都很不错，但比这个小得多。这一间里有个低架子放干草，还有个矮食槽。这一间叫散养栏，里面的马都不用拴起来，可以自由地活动活动。能住散养栏可真是太幸福了。

马夫就把我安置在这个舒适的隔栏，里面干净、温馨，又通风。我从来没住过这么好的马厩，几边的隔板都不是很高，我能透过隔板上的铁栏看到周围发生的一切。

马夫给我喂了一些美味的燕麦，拍拍我，体贴地跟我说说话，然后就走了。

吃完马料，我朝四周看了看。隔壁立着一匹胖胖的灰色矮马，长着厚厚的鬃毛、粗粗的尾巴，脑袋很漂亮，鼻子小小的，挺俏皮。

我把头伸到隔栏上的铁栏旁，说：“你好，你叫什么名字啊？”

他拴着缰绳，只能在绳子的限度内转个身，抬起头说：“我叫欢蹄梅里，我很漂亮，我负责驮小姐们，有时还用轻便马车拉女主人出门。他们很看重我，詹姆斯也一样。

你以后就住我隔壁吗？”

“是的。”我说。

“哦，这样的话，”他说，“我希望你脾气好，我可不喜欢会咬人的邻居。”

就在这时，靠里面一个隔栏里的马抬头向这边张望，马耳朝后倒，眼神看着就很暴躁。那是一匹高大的栗色母马，脖颈细长优美。她望着我说道：

“原来就是你把我从原来的隔栏里赶出来的，真奇怪，一个小马驹也能跑来把我这样的女士赶出家门。”

“我很抱歉，”我说，“我没赶走任何人，买我的人把我带到这里，这事我做不得主。至于你说我是小马驹，我四岁了，已经是成年马了。我从来没和其他马拌过嘴，不管是公马还是母马。我希望能和大家和睦相处。”

“哦，”她说，“那我们走着瞧吧。我才不想和你这种小东西吵架。”我没再说什么。

那天下午她出去以后，欢蹄梅里把她的故事都告诉了我。

“事情是这样的，”欢蹄梅里说，“辣姜金杰有个很不好的习惯，动不动就发火咬人，所以他们叫她‘辣姜金杰’。她住散养栏的时候就经常乱咬人，有一天把詹姆斯的胳膊都咬出血了，还咬过弗洛拉小姐和杰西小姐。她们非常喜欢我，但现在都不敢进马房了。以前她们常常给我带好吃的，一个苹果、一根胡萝卜，或者一块面包。但自从辣姜金杰住到隔壁，她们就不敢来了，我很想她们。我希望你不咬人，这样她们也许还会再来。”

我告诉他，除了青草、干草和谷粒，我从不咬其他任何东西，也搞不懂咬人有什么好玩的。

“哦，我想她也没觉得好玩，”欢蹄梅里说，“那就是一种坏习惯。她说从没有人对她好，那么为什么她不能咬人呢？当然这是很不好的习惯。但我相信，如果她说的是真话，那么她来这儿之前的确被人虐待过。约翰处处待她好，詹姆斯也尽了力，我们主人更是从来不用鞭子，除非马儿不守规矩。所以，我觉得她在这儿脾气会变好的。你看，”他的眼神中流露出历经考验的智慧，“我已经十二岁了，人情世故懂了不少，我可以告诉你，我们乡里不管哪儿都再找不到比这里更适合马生活的地方了。约翰是世上最好的马夫，他在这儿有十四年了；而且，你肯定也没见过比詹姆斯更善良的男孩。所以辣姜金杰不能待在原来的隔栏里，只能怨她自个儿。”

第五章　美好的开端

这家的车夫叫约翰·曼利，他和妻子带着两个小孩住在车夫房里，离马房不远。

第二天早晨，他把我牵到院子里细心梳理了一番，把我的皮毛刷得又软又亮。我正要回马房的时候，戈登先生过来看我，看样子对我很满意。“约翰，”他说，“我本想今早试试这匹新马，但我还有事要办。吃过早餐后，你来骑着他四处走走，去的时候走公共牧场和乔木林，然后沿河边水磨坊那一带回来，这样就能看出他的脚步稳不稳了。”

“是，先生。”约翰说。早餐后他来给我试戴笼头。他耐心地把皮带放松这里，又拉紧那里，只为了让我的脑袋舒服。然后他拿来一个马鞍，但对我的背来说不够宽，他一眼就看出问题，立刻换了一个，就很合适了。他先骑着我慢慢走，再快走，接着小跑起来。进入公共牧场后，他用鞭子轻轻拍了我一下，我就撒开四蹄飞奔起来。

“吁，吁！好孩子，”他一边把我拉停一边说，“我说，将来你可别跑到猎狗前头去了。”

我们回到庄园时正好遇上戈登先生和夫人在散步。他们停住脚，约翰也跳到地上。

“怎么样，约翰，他表现如何？”

“棒极了，先生，”约翰回答，“他腿上有劲儿，跑起来就像鹿一样敏捷，下命令只用轻轻一拉缰绳就行。我们在公共牧场走到头那儿遇到一辆旅行货车，车上挂满了篮子、毯子什么的；难得有马儿能安安静静地从旁边走过去，可他只是定定地看了一眼，就轻轻巧巧地走过去了。乔木林那边有人在打兔子，旁边就有枪声响起，他只是停下来看看，没往左或往右乱迈一步。我牢牢地抓着缰绳，没有催他。我看哪，他小的时候没受过惊吓，也没被虐待。”

“很好，”戈登先生说，“明天我来亲自试试他。”

第二天，我被带到主人跟前。我心中牢记母亲和我那好心的老主人的教诲，步步都听他的指挥。我发现他是一位娴熟的骑手，对自己的坐骑也很体贴。回到家时，夫人就和他出发时一样在大厅门口等着。

"亲爱的，"她说，"你感觉这马怎么样？"

"的确和约翰说的一样，"他答道，"我从没想到还能骑上这么驯良的马。我们给他取个什么名字好呢？"

"叫'黑檀'怎么样？"她说，"他就和黑檀一样乌黑。"

"不，不要叫'黑檀'。"

"那你叫他'黑鸟'吧，和你叔叔的那匹老马一样。"

"不，他比年轻时的'黑鸟'都要漂亮多了。"

"是啊，"她说，"他美极了，脸蛋那么温顺，还有一双伶俐的眼睛——就叫他'黑骏马'吧，你觉得呢？"

"黑骏马——行啊，这名字好。你喜欢的话，以后就叫这名字吧。"黑骏马就成了我的名字。

约翰到马房时告诉詹姆斯，先生和夫人给我取了一个好听又明白的名字，不像马伦哥①、珀伽索斯②或阿卜杜拉那样，又大又空。他们说着笑了起来，詹姆斯说："要不是怕提起伤心事，我就会叫他罗伯·罗伊。我从来没见过长得那么像的两匹马。"

"这没什么好奇怪的，"约翰说，"你不知道吗，农

---

① 马伦哥：拿破仑·波拿巴的一匹战马的名字。拿破仑骑着这匹马打过很多场胜仗，它的骨架保存在伦敦国家军事博物馆。

② 珀伽索斯：希腊神话中俊美的双翼天马，据说是蛇发魔女美杜莎与海神波塞冬所生，极具灵性，受到缪斯女神的宠爱，是艺术和才华的象征。

夫格雷的老马‘公爵夫人’，就是这两匹马的妈妈？”

我以前一直不知道，这么说，那次打猎时死掉的罗伯·罗伊就是我的哥哥！真可怜！怪不得妈妈会那么难过。你会以为马儿是没有亲人的，那是因为他们被卖掉后，就再也无法相认了。

约翰想必很为我骄傲，他喜欢把我的鬃毛和尾巴刷洗得油光水滑，像女士的秀发一样；他还经常和我说话。他的话我自然没有全部听懂，但我一点点儿地明白了他的意思，知道了他要我做什么。我越来越喜欢他，他是那么温和、善良，似乎能对马儿感同身受。为我梳洗时，他知道哪些地方不能太用力，哪些地方怕痒痒；刷我的脑袋的时候，他会尤为小心地擦我的眼睛，就像那是他自己的眼睛一样，从来不会把我激得尥蹶子。

我们的马童詹姆斯·霍华德也是一个善良、好脾气的人，所以我觉得我是过上了好日子。在院子里干活的还有一个工人，但他基本不负责打理我和辣姜金杰的事情。

几天后，我被安排和辣姜金杰一起拉车。我不知道怎样才能和她和平相处，但当我被牵到她身边时，她只是把耳朵往后倒，除此之外没什么不愉快。她干起活来很卖力，尽职尽责地分担重量，真是一个拉双马车的最佳搭档。上山时，她并不偷懒拖拉，而是使出全力把马轭一拉，向上奋进。我们干起活来都很有冲劲，所以约翰很少催我们前进，反而得常常让我们慢些走，也从来没让我们吃过鞭子。我们的步伐非常一致，小跑时我不用费力就能跟上她，拉车拉得很轻松。主人看我们齐头并进总是很欢喜，约翰也一样。一起去拉了两三次车以后，我们的关系变得更友好、更融洽了，我也感觉更自在了。

至于欢蹄梅里，我和他也很快成了好朋友。他是一个快活、直来直去、好性子的小个儿，人人都喜欢他，尤其是杰西小姐和弗洛拉小姐，经常骑着他逛果园，还和小狗喜悦一起做好玩的游戏。

我们的主人还有两匹马，住在另一间马房里。一匹是杂色的矮脚马，叫作正义贾斯蒂，用来当坐骑或拉行李拖车。另一匹是棕色的老猎马，叫奥利弗爵士，已经过了干活的年纪，但主人还是很喜欢他，让他在园子里自由奔跑；有时让他在庄园里干点儿轻松的拉车活儿，或者驮着年轻小姐跟老爷一起出门，因为他非常温和，就像欢蹄梅里一样，小孩也能放心去骑。那匹矮脚马健康壮硕，性情温顺，有时我们会在围场里聊上几句，但我跟他不像跟辣姜金杰那样知根知底，因为辣姜金杰和我在同一间马房。

第六章　自由

我在新家里过得很快活，如果说我感觉还缺点儿什么的话，你们可别认为我是不知足。我身边的人对我都很好，马厩明亮又通风，吃得也最好。我还能奢望什么呢？当然是自由啦！三年半来，我的生活一直无忧无虑，但现在，一周接一周，一月又一月，不用说，还有年复一年，我都只能日日夜夜站在马厩里，除非有人要我出去干活。到时我还得像工作了二十年的老马一样，又听话又安静。皮带在我身上这儿拴一根，那儿勒一道，嘴里含着衔铁，眼上还要盖着眼罩。其实我不是在抱怨，因为我知道马的生活就是这样。我只是想说，一匹精力充沛、年轻力壮的马，以前在广阔的田野或草场上，一昂头，一甩尾，抬脚就能飞驰，跑个圈回来，得意地对着同伴打个响鼻；现在，你让他再也尝不到随心所欲的自由，要我说是真的难熬。有时候，我运动得比平日少，就会觉得精力过剩，力气没处使，等约翰带我出去活动活动时，我完全静不下来，仿佛非得蹦一蹦、跳一跳才行。我知道我一定把背上的约翰晃得够呛，尤其刚开始的时候，但他从不发脾气，很有耐心。

“稳住，稳住，我的孩子，”他会说，“待会儿我们舒舒筋骨，你的蹄子就不痒痒了。”一走出村庄，他就让我痛痛快快地跑上几英里，回去的时候我便能再次精神抖擞，用约翰的话来说，就是把心里的“火气”都消了。精力充沛的马要是运动不够，一遛马就被说是在“撒野”，其实他们只是想多动一动。有一些车夫会因此惩罚他们，但我们的约翰不会那样，他知道马儿只是精力太旺盛了。他有自己的一套方法，光用语调、语气或缰绳的松紧就能指挥我。我听声音就知道他什么时候严肃又坚决。这比什么威慑力都管用，因为我非常喜欢他。

有时我们能享受几个小时的自由，一般是夏日里天气晴朗的礼拜天。庄园的马车礼拜天不出门，因为教堂离这不远。

我们被放到围场或者旧果园里，这是何等乐事！踩着清凉柔软的草地，呼吸清新的空气，自由自在，想跑就跑，想躺下就躺下，再打个滚，啃一口味美多汁的青草，简直太棒了！之后我们还能站在树荫下聊天，好不开心。

第七章　辣姜金杰

一天，辣姜金杰和我站在树荫下聊了好长时间。她想知道我成长的故事，我是怎么受调教的，我就都告诉了她。

“哦，”她说，“要是我也像你那样长大，也许我也能有一副好脾气。但我看这永远都不可能了。”

“为什么？”我问。

“因为我的故事和你的完全不一样，”她回答，“从来没有哪个人或者哪匹马对我好过，我也不想去讨他们喜欢。我刚断奶他们就把我从我妈妈身边带走了，把我和很多小马驹养在一起。他们谁也不喜欢我，我也不喜欢他们。我没有像你主人那么好的人来照顾我，跟我说话，给我好吃的。看管我们的那个男人自始至终都没对我说过一句好话。我不是说他虐待我，但他对我们的关心只不过是来看看我们吃得够不够，冬天让我们有个地方落脚，仅此而已。

“我们的牧场中间有一条小路穿过，往那儿路过的大男孩常朝我们扔石头，逼得我们跑起来。我一次也没被打中，但有一匹漂亮的小马驹被打中了脸，伤口很深，我估计那道疤痕会留一辈子。我们不喜欢那些男孩，但这恨意也让我们性情更粗野了，还在我们脑子里留下了一个根深蒂固的想法：男孩都是敌人。

“在没围栏的草场上，我们度过了一段欢乐的时光。我们跑上跑下，一圈一圈追逐嬉戏，然后静静地站在树荫下休息。可到了调教的时候，我的苦日子就开始了。好几个人跑来抓我，把我逼到草场的一角；一个人上来抓住我的额毛，另一个握住我的鼻子，握得死死的，我气都喘不过来；还有一个人用他粗壮的手一把抓住我的下巴，把我的嘴掰开，使蛮力把笼头和衔铁塞到我嘴里。然后一个人用笼头拉我走，另一个在后面用鞭子重重地抽我。我就这样第一次领教了人们的‘恩典’，纯属暴力，根本没给我机会弄明白他们想干什么。我可是一匹血统优良的马，生气勃勃，不用说，性子也烈，我敢说我把他们闹得吃不消。结果我被关进隔栏里，一天又一天，看不到自由，太可怕了。我烦躁不安，很快憔悴下去，只想挣脱出去。你是有亲身体会的，你那么善良的主人哄着你、护着你，都那么难熬，而我是什么也没有的。

“后来有一个人——老主人莱德先生，我觉得他最有可能改变我，他让我干什么我都愿意。但他却把养马中最难的部分交给了他儿子和一个有经验的人，他自己只是偶尔过来巡视一下。他儿子是个又高又壮的莽汉，人们都叫他‘参孙[①]’。他曾夸口说自己从没见过哪匹马能把他甩下来。他没有一点儿他父亲那样谦逊的气质，是一个冷酷无情的人，语气粗暴，眼放凶光，下手也狠。从一开始我就知道他想把我的力气耗尽，好让我变成安安分分、低声下气的行尸走肉。‘行尸走肉！’没错，他就想这么干！”辣姜金杰说着把脚一跺，仿佛想到他就火大。

她继续讲道：“如果我不服从他的命令，他就发怒，让我拖着长长的缰绳在训练场上绕圈跑，直到我跑不动。我觉得他平时酒喝得不少，而且喝得越多，对我就越坏。有一天，他变着法子折磨我，当我躺倒在地时，身上累得不行，心里又苦又恨，简直太过分了。第二天上午，他早早地又来了，让我又跑了很长时间。我才休息了不到一个小时，他又拿着鞍子、笼头和一种新的衔铁来了。我也不知道怎么回事，反正他骑我到训练场上，不知我怎么就把

① 参孙：《圣经》中古代犹太人的领袖之一，拥有上帝赐予的天生神力，力大无穷，但却有勇无谋，耽于享乐。

他惹火了，他就猛拉缰绳。那种新的衔铁很疼，我一惊，就用后腿站了起来。他更生气了，举起鞭子就抽我。这时我满脑子只有一个念头：反抗！于是我一反常态地乱踢乱咬，前后蹦跳，用后腿站起来。我们较上了劲儿，他在马鞍上坚守了好半天，毫不留情地用鞭子抽我，用马刺刺我。我只觉得血脉偾张，管他怎么惩罚我，我只想把他甩下去。最终，经过一番激烈的搏斗，我把他摔了个四仰八叉。我只听到他重重地跌到草皮上，就头也不回地朝着草场的另一头狂奔过去。跑到那儿，我转过头，看见那个迫害我的人慢慢地从地上爬起来，走进马房。我站在一棵橡树下望着，但没人来抓我。时间一点点儿过去，太阳火辣火辣的，成群的苍蝇围着我飞舞，停到我被马刺戳得血流不止的两肋上。我很饿，从早上到现在什么都没吃。但地上的草连只鹅都喂不饱。我很想躺下休息，可马鞍还紧紧地捆在身上，一点儿都不舒服。而且一滴水都喝不到。下午慢慢过去了，太阳渐渐西沉。我看到其他马驹被牵回马房，知道他们是能饱餐一顿了。

“终于，就在太阳落山的那一刻，我看见老主人出来了，手里拿着一个筛子。他是一位和蔼的绅士，满头白发，从几千人当中我也能听出他的声音。他说话时声音不高不低，很有力度，清晰又和善。他发话时，声音沉稳坚定，不管是人还是马，一听就知道他的命令不容违抗。他一路平静地走了过来，不时把筛子里的燕麦摇一摇，微笑着轻轻对我说：‘过来，姑娘，过来，姑娘，过来吧，过来吧。’我站着不动，等他走近。他把燕麦递过来，我就大着胆子吃了起来。一听到他的声音，我就不害怕了。我吃着燕麦，他就站在旁边轻轻地拍打、抚摸我。看到我身体两侧一块块凝结起来的血块，他表现得很气愤。‘可怜的小姑娘！这是乱来，简直就是乱来！’随后，他轻轻捡起缰绳，把我牵进马房。参孙就站在马房门口。我猛地把耳朵往后一缩，张嘴朝他咬去。‘闪开，’主人说，‘别挡着路！你这一整天把这匹小母马害惨了。’参孙不满地吼了起来，说什么我是头野蛮的畜生。‘听着，’他父亲说，‘脾气暴躁的人养不出好脾气的马。你还没学会怎么驯马，参孙。’然后他把我带进我的马厩，亲手卸下鞍子和笼头，把牵马绳系好。接着，他叫人送来一桶温水和一块海绵，脱下外套，让马夫提着桶，他用海绵来轻轻擦拭我的身体两侧。他仔细地擦了好一会儿，动作十分轻柔，他一定知道我受伤的地方是那么肿那么疼。‘吁，我的小美人，’他说，‘别动，别动。’光是他的声音就让我舒了心，洗刷过我也觉得好受多了。我嘴角的皮肤伤得很重，吃不了干草，草一扎就疼。他仔细检查了一下，摇摇头，让马夫去取些上等燕麦和麦麸配的饲料，又往里面多多地加了燕麦粉。多好吃的糠麸糊糊啊！一点儿也不扎，可以让我的嘴很快好起来。我吃的时候，他一直站在旁边，一边抚摸我，一边跟马夫说话：‘这样一匹性子刚强的马，如果不用适当的方法来调教，她的前途就毁了。’

“之后，他经常来看我；我的嘴伤痊愈以后，一个他们唤作约伯的驯马人继续来调教我。约伯性格沉着，也很体贴，我很快就能明白他要叫我做什么。”

第八章　辣姜金杰后来的故事

辣姜金杰和我又一次在围场碰面时，她跟我讲了她第一个家的故事。“调教好以后，”她说，“我被一个马贩子买去跟他的另一匹栗色马配成一对儿。给他拉了几个星期的车，他又把我们卖给一位时髦的绅士，我们就被送去了伦敦。我在马贩子那里一直戴支头缰绳①，我恨透了这东西。到了新家，缰绳勒得更紧了，因为车夫和他的主人觉得这样让我们看着更新潮。我们经常拉车到公园和时髦人物去的其他场所。你没套过支头缰绳，不知道那是什么，但我告诉你，那东西太折磨人了。

“平时我喜欢昂着头，和其他马儿一样把头抬得高高

① 支头缰绳：一种短缰绳，使马只能一直高昂着头，马颈保持固定的弧度。

的，但现在你想象一下，要是让你高抬着头，不仅几个小时不准低下，还时不时缰绳一扯让你再抬高些，你的脖子会疼得让你不知怎么忍受下去。而且还让我含了两条衔铁，比别的马多一条，多出来的那条还很锐利，把我的舌头和下巴都刺破了，我愤怒地把衔铁和缰绳又啃又咬，徒劳地喷着唾沫，流出来的血把唾沫都染红了。女主人去参加一些盛大的聚会或上哪儿消遣的时候，就更难熬了，我们必须站在外面等几个小时，我一烦躁或不耐烦地跺脚，鞭子就会落下来。真能把你逼疯掉。”

“你的主人一点儿都没为你们着想吗？”

“没有，”她说，“他只关心自己有夺人眼球的全套车马仆从——他们是这么说的。我觉得他对马一窍不通，任由车夫打理，而这车夫却跟主人说我脾气暴躁！还说我调教得不够，不会戴支头缰绳，要多戴戴就好了。但车夫自己也不是驯马的料。比如我在马厩里悲伤苦闷的时候，他不但没安抚我，消消我的火气，反而阴沉着脸骂我，还打我。如果他通情达理地哄哄我， 我是会试着去忍受的。我愿意工作，也随时准备好卖力气。但让我吃苦受累，仅为了满足他们的癖好，真让我恼火透顶。他们有什么权利让我遭那样的罪？我嘴里疼，后颈疼，气管也不通畅，在那儿待久了，我的呼吸道会出大问题。我越来越暴躁，惹就发火，自己忍都忍不住。一有人来给我套挽具，我就又踢又咬，为这个车夫还打了我。一天，他们把我套进马车，刚要用缰绳把我的头高高地勒住，我就不顾一切地暴跳起来，挣断了几根皮带，踢开车架跳了出来。于是，我在这个家的日子就到头了。

“之后，我被送到塔特索尔拍卖会①去卖掉。他们不能担保我没有马厩恶习，所以干脆隐瞒了我的缺点。我漂亮的外表和优美的步伐很快吸引了一位先生为我出价，但后来把我拍下的是一个马贩子。他给我试了不同的笼头和衔铁，很快就弄明白我适合哪种马具。后来他完全不让我戴支头缰绳，然后把我当作一匹乖顺的马卖给了本乡的一位绅士。这位绅士是个好主人，我在他那儿过得很好，但他的老马夫走了，来了个新的。这人和参孙一样脾气大，下手重，说起话来野蛮凶狠，极不耐烦。他叫我进隔栏，我就得立马进去，迟一秒他就要抄起扫把或者干草叉往我腿上打——什么顺手就抄什么。他随时一副凶神恶煞的样子，于是我开始恨他。他想让我怕他，但我性子烈，才不怕他。有一天，他变本加厉地惹恼了我，我就咬了他。他勃然大怒，用骑马鞭子对着我脑袋一通乱打。从那以后，他再也不敢

① 塔特索尔拍卖会：最早设立于1766年，创始人曾为英国皇室培育良马，现在已经成为欧洲最大的纯种马拍卖行。

进我的隔栏，我的蹄子和牙齿随时恭候着他，他心里也有数。和主人在一起的时候，我很温顺，但他还是听信了马夫的话，我就又被卖了。

“之前那个马贩子听说要卖我，就说他知道有个地方，我去了肯定会表现好。‘真可惜，’他说，‘那么好的马，运气不好，恐怕再也教不好了。’结果，我只比你先到这里没多久。但我那时就认定了，人天生与我为敌，我必须为自己抗争。这里的条件当然要好得多，但谁知道好日子能过多久？我希望能像你一样考虑问题，但经历过这些苦难，我做不到。”

“唉，”我说，“我觉得要是你去咬、去踢约翰或者詹姆斯，那就是你的不对了。”

“只要他们对我好，”她说，“我就不会去踢他们。我倒的确狠咬过詹姆斯一口，不过约翰说，‘对她温柔些试试吧’，我本以为要受罚了，但詹姆斯把胳膊包扎好以后来看我，给我带了糠麸，还抚摸了我。从那以后我再也没咬过他，以后也不会了。”

我为她的故事感到难过，但那时候我看法简单，只觉得她大概再也不会开心了。但时间一周周过去，她变得越来越和气、开朗。以前一有生人靠近，她就是一副警惕、挑衅的神情，现在那种眼神也没有了。一天，詹姆斯说：“我看那匹母马是越来越喜欢我了；今早我抚摸她脑门的时候，她可亲热地对着我咴咴叫呢。”

“是啊，是啊，詹老弟，这就是‘伯特威克丸’的功效，”约翰说，“过不了多久她就能和黑骏马一样驯服了。她只需要‘善意’这服药，可怜的家伙！”

主人也注意到了她的变化。一天，他下了马车以后像往常一样来跟我们说话，他抚摸着她美丽的脖颈：“我的美人儿，你过得怎么样啦？我看呀，你比刚来的时候开心多了。”

她友好、信任地朝他抬起了鼻子，主人就温柔地揉一揉她的鼻子。

“我们会把她治好的，约翰。”主人说。

“是的，先生，她的进步很大，和以前比完全变了个样儿。这是‘伯特威克丸’的功劳。”约翰笑着说。

这是约翰的小玩笑，他说一个疗程的“伯特威克丸”能治好所有烈马。他说这种药丸的成分有耐心、柔情、毅力和抚爱，每样一磅混合起来，加上半品脱的常识，每天给马服用即可。

第九章　欢蹄梅里

牧师布鲁姆菲尔德先生有很多子女，他们有时会来找杰西小姐和弗洛拉小姐玩。这些孩子里有一个女孩和杰西小姐一样，两个男孩要更大些，另外几个年纪还小。他们一来，欢蹄梅里就要忙活起来了，因为孩子们最喜欢轮流骑着欢蹄梅里在果园和围场里跑，一伙人一玩就是几个小时。

一天下午，欢蹄梅里和孩子们出去了很长时间，后来詹姆斯把他牵回来。系好缰绳后，詹姆斯说："好了，你这个捣蛋鬼，注意你的所作所为，否则我们就有麻烦了。"

"你干什么了，欢蹄梅里？"我问。

"噢！"他把他的小脑袋一扬，"我不过是给了那些年轻人一点儿教训，他们玩起来没个够，也不想想我的体力是有限的。所以，我把他们摔了个倒栽葱——这下他们就明白了。”

“什么?！”我说，“你把孩子们摔下去了？你怎么那么莽撞！你把杰西小姐和弗洛拉小姐也摔了吗？”

他一副被冒犯的样子，说道：

“当然没有，即使把这马房里最好吃的燕麦给我，我也不会这么做。唉，我服侍年轻小姐们向来用心，就和主人一样体贴；至于那些小孩子，教会他们骑马的是我。要是他们骑着骑着害怕了，或者坐不稳了，我就把步子放缓，轻巧得就像在逮鸟儿的老猫一样。等他们调整过来了，我再走快一点儿，明白吗，让他们慢慢适应。所以不劳你教训我，我是那些孩子最好的朋友、最棒的骑术教练。但问题不在他们，是那些男孩。男孩嘛，”他抖抖鬃毛，说，“就不是一回事了。他们就和我们还是小马驹的时候一样，也应该调教调教，让他们明白事理。其他小孩已经在我身上骑了将近两个小时，那些男孩觉得该轮到他们了，确实如此，我也赞同。他们轮流骑到我背上，我驮着他们飞奔，在围场里这头跑到那头，又在果园里跑圈，跑了整整一个小时。他们每人砍了一根又长又粗的榛木棍当马鞭，下手还不轻，不过，我还是忍了。最后，我觉得他们太过分了，所以故意停下来两三次，给他们点儿暗示。你看，男孩们总以为不管大马还是小马，都和蒸汽机车或脱粒机一样，可以由着他们的心思，让跑多远就跑多远，让跑多快就跑多快，从来没想到马也会累，也有情感。所以，既然那个拿鞭子打我的男孩不懂这道理，我就干脆前腿一抬，站起来，让他从后面滑了下去——就这么简单。他再爬上来，我又把他滑下去。之后，另一个男孩又爬上来，一拿棍子打我，我就把他放倒在草地上。我就这么对付他们，直到他们明白过来，事情就是这样。他们不是坏孩子，不想故意伤害别人。我很喜欢他们，但是，你看，我必须给他们一个教训。后来他们把我牵到詹姆斯面前告状，詹姆斯看到那么粗的棍子，非常生气。他说牲口贩子才用那种棍子，年轻绅士不该用。”

“要换作是我，”辣姜金杰说，“我就给他们狠狠地踢上一脚，那才叫给他们个教训。”

“你肯定会那样，”欢蹄梅里说，“不过我可没那么傻(请原谅)，我不想惹主人生气，也不愿让詹姆斯丢脸。而且，那些孩子骑我时，就归我管。告诉你，我有责任照顾孩子们。就在不久前，我听到主人对布鲁姆菲尔德夫人说：‘我亲爱的夫人，您不用为那些孩子担心，我家的老欢蹄梅里会像你跟我一样好好照顾他们的。我向您保证，不管给我多少钱我都不会把他卖了。他脾气好得你挑不出毛病，而且靠得住。’你觉得我会不知感恩，把五年来在这里享受的优待抛到脑后，忘掉他们对我的信赖，就因为两个懵懂无知的男孩对我不好，我就恩将仇报，反咬一口？不，不会的！你没有过善待你的家，所以你不知道，我为你感到惋惜。但是我可以告诉你，好地方能养出好马。不管怎么样，我都不会惹恼自家的人。我爱他们，真的。”欢蹄梅里说着，鼻子里发出低沉的“嚯，嚯，嚯”的声音，每天早上当詹姆斯的脚步声在门口响起时，他就会发出这种声音。”

“另外，”他继续说，“要是我踢了人，会有什么样的下场呢？立刻就会被卖掉。名声也毁了。我只能给屠夫的手下干苦力，或者去海边的什么地方干活干到累死，人家才不管我死活，只看我能跑多快。要么就是在鞭子的抽打下拉车，载着三四个大胖子，礼拜天出去大吃大喝。这种事情，我在之前的一个家里见得多了。不，”他摇着头说，“我可不愿走到那一步。”

第十章　果园里的谈话

辣姜金杰和我不是天生高大的拉车马，我们的品种更偏向赛马。我们的身高有 15.5 掌[①]，所以不管骑乘还是拉车，我们都是一把好手。主人说不管是人还是马，都不能没有一技之长。他不爱在伦敦的公园里显摆，更看重有活力又实用的马。而我们呢，最大的快乐就是套上马鞍，去参加骑马派对。主人骑辣姜金杰，夫人骑着我，两位年轻的小姐分别骑着奥利弗爵士和欢蹄梅里。能和大家一道走一走、跑一跑最让我开心了，每次大家都能玩得兴高采烈。我每次都驮女主人，这可是独一无二的好差事，因为她很轻，声音又甜美，总把缰绳松松地挽着，发出指示时我几乎感

---

① 掌：传统测量马匹高度的单位，1 掌为 10.16 厘米。

觉不到她在拉缰绳。

唉！人们手上动作轻一点儿能给马儿带来很大的慰藉，那样既不伤我们的嘴，又培养了好脾气，要是人们都明白这些道理，他们肯定就不会老是把缰绳猛扯猛拽了。我们的嘴很敏感，只要还没有因为粗暴无知的对待而受伤或变硬，我们是能感觉到骑手手中哪怕最轻微的动作的，并且立刻就能明白发出的指示。我的嘴从没受过伤，我相信这就是为什么跟辣姜金杰比起来，女主人更偏爱我的原因，尽管辣姜金杰的步伐也跟我一样稳健。以前她总是嫉妒我，说都怪调教不当，还有伦敦的衔铁，她的嘴才不如我的。这时，老奥利弗爵士说：“行了，行了，别自己找气受。你已经够风光、够得意了。我们主人又高又重，你一匹母马能驮得动他，还能照样跑跑跳跳，何必还为没驮女士就觉得自己不如人呢？我们马儿，要随遇而安，只要他们对我们好，就该知足，心甘情愿地去干活。”

我经常在想，为什么奥利弗爵士的尾巴那么短，只有六七英寸长，原本是尾端的地方只剩下一绺毛。一天，当我们又在果园休息时，我壮起胆子问他，到底发生了什么意外，把他的尾巴搞断了。“意外？”他一副怒不可遏的表情，打着响鼻说，“才不是什么意外！那是残忍、可耻、冷血的行为！我小的时候就被带去专门干这种事情的地方。

我被绑起来，绑得紧紧的，让我一动也不能动；然后他们过来就这么活生生地把我又长又漂亮的尾巴切掉，拿走了——肉给割开了，骨头给砍断了！”

“太可怕了！”我惊呼道。

“可怕！哼！的确可怕，但问题不仅仅是疼痛，尽管伤口疼了很长时间；也不仅仅是美好的身体部位被夺走而带来的耻辱，尽管这种耻辱足以令人颓丧。问题在于：我以后用什么来驱赶身体两侧和后腿上的苍蝇？你们有尾巴，只要甩一甩就行，想都不用去想。你们体会不到牛蝇停在你身上叮了又叮，你却无论如何都没办法把它们赶走的滋味有多痛苦。我告诉你们，这是一辈子的冤屈，一辈子的损失。谢天谢地，他们现在不这么干了。”

“他们当时那么做是为了什么？”辣姜金杰问。

“为了赶时髦！”这匹老马激动得一跺脚，“为了赶时髦！你知道这意味着什么吗？就是说那个年代的良种幼马没有不被砍掉尾巴的，真是耻辱！就好像仁慈的上帝把我们创造出来，却不知道我们需要什么，也不知道我们怎样才最好看似的。”

“我在伦敦的时候，他们用那种可恶的缰绳和衔铁把我们的头勒得高高的，受这种折磨，我看也是为了赶时髦吧？”

“当然是了，”他说，“在我看来，赶时髦是世界上最邪恶的事情。比如，你看看他们是怎么对待狗的。他们把狗的尾巴切掉，好让他们看起来更勇猛；还把狗儿们可爱的小耳朵剪得尖尖的，让他们显得更精神，真是开玩笑。我以前有一个好朋友，是一只棕色的猎狗，他们管她叫‘斯凯’。我们俩特别要好，她睡觉都睡在我的隔栏里。她在马槽下面弄了一个窝，生了五只天下最漂亮的小狗崽。人们没有把小狗拿去淹死，因为都是名贵的品种。她带着狗宝宝们多开心啊！他们睁开眼睛能到处爬的时候，看得人欢喜极了。但有一天来了个人，把狗崽们都带走了。我以为他是担心我踩到他们。但结果不是这样。那晚斯凯把他们一只一只叼了回来，他们再也不欢蹦乱跳了，全都在流血，那哭声听得我心碎。他们的尾巴都被切掉了一段，原先漂亮的小耳朵的耳翼也被剪掉大半。他们的妈妈舔着他们，那揪心的模样，真可怜！我一辈子都忘不了。随着时间的推移，伤口慢慢愈合，小狗们也忘了疼痛，但本来可以护住狗儿的耳朵，不让娇嫩的耳朵里进灰尘、受伤害的漂亮柔软的耳翼，却永远没了。人们怎么不把自己孩子的耳朵剪得尖尖的，让他们看起来更精神？怎么不把他们的鼻尖削掉，让他们看着更勇猛？动物和人是一样有感觉的啊。他们有什么权利折磨、破坏上帝的创造物？”

尽管奥利弗爵士平日里很温和，但他是一匹胸中仍有热血在沸腾的老马。他说的话我以前从未听过，其中的事实竟如此残酷，我发觉自己心中对人类产生了一种前所未有的恨意。当然最激动的是辣姜金杰，她抬起头，两眼闪闪发光，鼻孔张得老大，大声说人类不仅是野兽，还是白痴。

“谁在说白痴？”欢蹄梅里从老苹果树那边走过来，他刚才在树下比较低的树枝上蹭痒痒，“谁在说白痴？我觉得这是在说别人坏话。”

“坏话就是用来说坏人的。”辣姜金杰回答，然后把奥利弗爵士的故事告诉了欢蹄梅里。“这些事都是真的，”欢蹄梅里难过地说，“我在第一个家里见过很多很多这样的狗儿悲剧。可是在这里我们就别再聊这些了。你们知道，主人，还有约翰和詹姆斯一直对我们都非常好，在这样一个善待你的地方说人类的坏话，有点儿不应该，也显得不厚道。而且你们都明白，除了我们家以外，还是有很多善良的主人和马夫的，不过当然了，我们家的是最好的。”欢蹄梅里这个好脾气的小矮个儿发表完这番通情达理的讲话后，我们都觉得很有道理，也就冷静了下来，尤其是奥利弗爵士，他是最敬爱我们主人的。为了改变话题，我说：“谁能告诉我眼罩是用来干吗的？”

“没人知道！”奥利弗爵士直截了当地说，“因为根本就没用处。”

“据说，”正义贾斯蒂以他一向不慌不忙的语气说道，“是为了防止马儿受惊时急刹车、乱跳等，怕他们一紧张导致事故。”

“那为什么他们不给骑的马也戴上眼罩，尤其是女士骑的马？”我问。

“根本就没有原因，”他平静地说，“就为了赶时髦。他们说马拉车的时候看见自己身后的车轮子，就会以为车在跟着他跑，肯定吓得乱窜。但人骑的马，要是街上车马拥挤，也会看见身边全被车轮包围了呀。我承认，车轮离得太近了，我们是会紧张，但我们不会被吓跑，因为我们已经习惯了，知道是怎么回事。我们永远都用不上眼罩这种东西，人们硬是要给我们戴上。不戴眼罩的时候，我们能看清周围有什么，该怎么应对；倒是让我们光能看到不知什么东西的一个角，莫名其妙地被吓一跳，那才会惊慌失措呢。当然有些马儿很胆小，是因为小时候受过伤或惊吓，戴眼罩可能有好处。但我从来不紧张，所以没法判断。”

“依我看，”奥利弗爵士说，“在黑夜里戴眼罩是很危险的。马儿在黑夜里的视觉要比人强得多。如果马儿眼前没有遮挡，很多意外就不会发生。我记得几年前有个漆黑的夜晚，两匹马拉着一辆灵车回来，在路过农场主斯派洛家的时候，紧挨着路边有个水池，车轮太靠边儿了，灵车就翻到了水里，两匹马都淹死了。车夫差点儿没逃出来。当然啦，那次事故以后，水池边就竖起了一道结实的白栏杆，十分醒目。但要是那两匹马没被半蒙着眼睛，他们就会自觉地和水池保持距离，也就不会出事了。你到这儿之前，主人也翻过一次车。据他们说，如果路左边的路灯没有灭，约翰就能看见修路工人在地上留下的一个大坑。也许是这样，但要是老科林没戴眼罩，不管有没有灯他都能看见地上的坑。他是一匹经验丰富的老马，遇到危险肯定会避开。结果，科林受了重伤，马车也毁了，至于约翰是怎么死里逃生的，没人知道。”

“我得说，”辣姜金杰扇着鼻孔说，“既然那些人那么聪明，他们应该下一道命令，以后所有新生的马驹，眼睛都必须长在脑门正中，不可以长在两侧。他们不是以为自己能改造自然，修正上帝的创造吗？”

话题又变得沉重了，这时欢蹄梅里抬起他聪明的小脑袋，说：“我告诉你们一个秘密。我相信约翰是不赞同给马戴眼罩的。我有一天听他和主人谈过。主人说，如果马已经戴习惯了，那么摘掉反而可能出事。约翰说，他觉得所有的小马驹在调教的时候就不该戴眼罩才好，国外有些地方就是这样。所以，我们该高兴点儿，一起跑去果园的

那头吧。风好像吹落了一些苹果，落在地上反正是要被鼻涕虫[①]蛀的，不如我们去吃掉吧。”

没人反对欢蹄梅里的话，于是我们结束了这次长谈，大吃大嚼散落在草地上的甜苹果，心情也变好了。

① 鼻涕虫：蛞蝓的俗称，危害蔬菜、果树等农作物。

第十一章　直言不讳

我在伯特威克住的时间越久，心里愈发对这个家感到骄傲，幸福感越强。所有认识主人和夫人的人都很尊敬、爱戴他们。他们对人、对动物无不宽厚和善，不光是人，还有马和驴子，猫儿狗儿，牛和小鸟。任何一个受压迫、受虐待的生灵都能得到他们的友爱，家里的仆人也是一样的为人。如果村里有小孩欺负动物，消息很快就能传到庄园大厅里。

据人们说，乡绅和农夫格雷为了废除拉车马的支头缰绳，共同努力了二十多年， 现在我们这片地区很少见到支头缰绳了。有时，夫人在路上看见马拉着很重的车，头还被勒得高高地抬着，她就会停下马车，下去用她那甜美而严肃的声音跟赶车人讲道理，对他解释这种做法多么愚蠢，多么残酷。

我认为听过女主人的劝说后，人人都会改过。真希望所有的女士都和她一样。主人对不公之事也会严厉斥责。我记得一天早晨他骑我回家，遇见一个身强力壮的人赶着一辆小马拉的轻便马车迎面走来。拉车的是一匹漂亮的红棕色小马，马腿修长，从头颅和脸蛋就能看出他血统优良，天资聪颖。经过庄园大门时，马儿就转弯往门里走。那人话也不说，指令也不发，猛地把马头一扯，力气之大，把马儿勒得差点儿趴下。等马儿摇摇晃晃站稳了，刚想往前走，他又拿鞭子猛抽。马被惊得往前一跳，但赶车人那粗壮的手却把缰绳往后拉，把这漂亮小马的下巴都快折断了，同时鞭子还在无情地往马身上抽。我在旁边看得不寒而栗，因为我知道那样的猛拽会给马儿柔嫩的嘴带来钻心的疼痛。这时主人一声令下，我们立刻就跑到了这个男人面前。

“索耶，”主人厉声喊道，“这匹小马难道不是血肉之躯？”

“不听管教的血肉之躯，这副自以为是的脾气，到我这儿可行不通。”他愤愤不平地说。这人是一个建筑工，经常到庄园里干活。

“那你是不是以为，”主人一点儿也不让步，“这样对待他，他就能听你的话？”

“他没理由转那个弯，我们要往前走！”那人无礼地吼道。

“你经常驾这匹马到我的庄园来，”主人说，“他转弯正说明他记性好，有灵性。他怎么知道你这次不是走这条路？问题不在马儿。我必须告诉你，索耶先生，你对待小马那么不人性，那么狠心，所有和我持有同样理念的人看了都会感到痛心。你完全不控制自己的脾气，损害了你的人格，不仅如此，还害了你的马。你要记住，我们的所作所为，不论是对人还是对动物，将来都会成为上帝审判我们的依据。”

主人骑着我慢慢回了家。我从他的声音里就能听出这件事令他陷入了巨大的悲痛。不管是对那些与自己地位相当的绅士，还是那些地位较低的人，他都同样直言不讳。还有一次，我们外出时遇到兰利上尉，他是主人的好朋友。上尉驾着一对灰色马儿，马儿都戴了某种短缰绳。两人寒暄了一阵，然后上尉问道：

“你觉得我这对儿新买的马怎么样，道格拉斯先生？你是这一带的相马专家，我想听听你的意见。”

主人让我倒退几步，好好地把他们打量了一番。“这一对儿可真是少有的骏马，”他说，“如果他们活儿干得也好，不辱没了这副外表，那你肯定找不到比这更好的马了。

但我看出你还在使那套玩赏动物的法子，搞得你的马又焦虑，又虚弱。”

“你指的是什么？”上尉问，“支头缰绳吗？哦，唉！我知道你就爱好不戴这东西，但事实是，我喜欢看我的马把头高高地昂着。”

“我也一样，”主人说，“人人都喜欢。但我不愿看马儿被迫抬着头，那样就没有威风凛凛的感觉了。你是一位军人，兰利老兄，你肯定想让你的军队在阅兵时精神焕发，摆出‘昂首挺胸’那些架势。但如果操练的时候士兵们的脑袋都被绑在背部矫正板上，你们的精神就白费了。光是阅兵的话还好，只不过会让他们又累又紧张；可到了要跟敌人拼刺刀的时候怎么办？他们必须能够调动全身的肌肉，攒足力气向前冲。我觉得他们打胜仗的机会不会太大。马儿也一样。你把他们搞得烦躁不安，精力白白消耗掉，他们无法把全身的力量都使上，马车的重量就落在关节和肌肉上，这样他们的身体就会快速垮掉。你要相信，马也和人一样，脑袋生来就不应该受束缚。如果我们能按常识来行事，少去追求时尚，就会发现很多问题都变简单了。而且，你我都知道，如果马儿的脑袋和脖子都被缰绳往后勒着，他一旦走错了步子，就很难调整过来。好了，”主人笑着说，“上尉，我已经把我的爱好都说清楚了，你是不是也做个决定，加入我这一边呢？你作为榜样的力量可是无穷的。”

“我相信从理论上来说，你是对的，”上尉说，“你拿士兵来举例子可真是太绝了，不过——好吧，我会考虑考虑的。”然后他们就各自走开了。

第十二章　遭遇暴雨

深秋的一天，主人要出远门办事。他们给我套上了双轮轻便马车，约翰也跟着去了。我一向喜欢拉轻便马车，车身轻，轮子高，拉起来很轻松。那段时间一直下雨，当天又起了大风，把落叶吹得在路上飞舞。我们开开心心地赶路，后来到了收费关卡，那里有一座矮木桥。河岸不算低，但河面上的桥不是拱起的，而是水平的，所以要是河水涨了，河中间的桥板和其他木结构就差不多会被水淹了。但桥两边都装了牢固的栏杆，所以大家都很放心。

收费站的人说河水涨得太快，他担心今晚会更严重。大片草坪都被水淹了，在路上几处地势低洼的地方，水已经快没过我的膝盖了。但路面没受损，主人把车速放慢，所以问题不大。

到了镇上，由于主人办事花了很长时间，我只有干等了老半天。我们直到下午很晚的时候才往家里赶。那时风更大了，我听主人对约翰说，他从没冒着这么大的暴风雨出过门。我想也是。我们一直走在树林的边上，粗大的树枝被风吹得就像细枝条一样摇晃，那湍急的水流声也很吓人。

“要是我们现在已经出了这片树林就好了。”主人说。

“是啊，先生，”约翰说，“如果一根粗树枝落到我们头上可就糟了。”

话音未落，只听得一声沉闷的嘎吱，接着是树木折断的声音，林子里的一棵橡树被连根拔起，噼里啪啦地倒下了，正好挡在了我们前行的路上。我不能说我一点儿没被吓到，实际上我害怕极了。我直愣愣地站住了，我能肯定自己在发抖。当然了，我并没有掉头就跑，我接受的训练要求我要冷静。约翰从马车上跳下来，转眼跑到了我身边。

“真险哪，”我的主人说，“现在我们怎么办？”

“我看哪，先生，马车没法从这棵树上碾过去，也绕不过去。没别的办法，只能回到四岔路口，之后还得足足走上六英里才能回到那座木桥。等回去就会很晚了，但幸好马儿力气是够的。”

于是我们就往回走，到路口绕行，但等我们走到木桥，天都快黑了，我们只能看到水已经漫过了桥中央。但发洪水的时候，这种事情是很常见的， 于是主人没有停下。我们继续快步前行，但就在我踏上第一块桥板的时候，我就知道有点儿不对劲。我不敢再往前走，定定地站在了原地。“走啊，黑骏马！”主人说，然后用鞭子拍了我一下。但我一动都不敢动。他用力打了我一下，我跳了一下，但还是不敢再迈出一步。

“一定是出了什么问题。”约翰说着，从马车里跳下来，走到我身边看了看。然后他想牵着我走：“走啊，黑骏马，怎么了？”我没法告诉他，但我很清楚，那座桥不安全。

就在这时，桥对岸收费站里的人跑了出来，像疯了似的挥舞着火把。

“嘿！嘿！喂！停下！”他喊道。

“怎么了？”主人大声问道。

“桥中间断了，还被冲走了几块桥板，你们再往前走就掉河里了！”

“谢天谢地！”主人说。

“我的好黑骏马！”约翰拉着笼头，慢慢地让我掉头走到小河右边的公路上。太阳下山已经很久了，狂风在把大树连根拔起之后，也渐渐平息了下来。天色更暗了，四下里越来越安静。我轻轻地小跑着，主人和约翰好半天都没说话。然后，主人说话了，语气很严肃。他们说的许多话我都听不大懂，但我听出了他们的意思，就是如果当时我听了主人的指示继续往前走，我们很有可能会把桥踩塌，马、车子、主人和约翰都会掉进河里。水流那么急，周围又没灯，也没人来救我们，我们可能都会被淹死。主人说：上帝赋予人类以理性，让他们可以按照理性行事；但上帝赋予动物的是不需要理性做事的能力，这种能力更快捷、更准确，动物经常靠这种能力挽救人类的生命。约翰知道很多狗和马救人的感人故事，他认为人类应该珍爱他们的动物伙伴，但现在他们连一半都没做到，也没有真正和动物做朋友。我相信，如果有谁能和动物交上朋友，那人一定是约翰。

终于，我们来到了庄园门口，园丁已经在那里等候我们。他说天黑以后女主人就着急得不得了，害怕我们出了什么事，还叫了詹姆斯骑上正义贾斯蒂——那匹杂色矮脚马，去木桥那边打听我们的消息。

我们看见门厅和楼上的窗户都有亮光，刚走过去，夫人就跑着出来，说：“亲爱的，你真的没事吗？唉！我担心死了，脑子里一直在胡思乱想。你们碰上什么意外没有？”

“没有，亲爱的。不过，要不是黑骏马比我俩都聪明，我们在木桥那里就被河水冲走了。”说着，他们就进了屋，约翰把我牵回马房，后面的我就没听到了。哇！他给我的晚餐可真丰盛啊，一大盆糠麸加上磨碎的豆子，还有平时我吃的燕麦，地上的稻草也铺得厚厚的，让我十分受用，因为我太累了。

第十三章　魔鬼的标记

一天，约翰和我出门给主人办事，回来的时候走的是一条又长又直的路。走着走着，我们看到不远处有个男孩想叫一匹小马从一道栅栏门上跳过去。小马不肯跳，男孩就用鞭子抽他，小马只能躲闪到一边。他又抽了一鞭子，小马又躲到另外一边。男孩干脆跳下来，把马儿狠狠地抽了一顿，还用鞭子敲他的头。然后他又上马，还逼着马儿跳那道门，不停地用腿踢马，十分可恶的样子；然而小马还是不肯跳。我们快到跟前时，马儿把头一低，抬起后腿，猛地把男孩甩到了一片宽阔的树篱里。马儿撒腿就往家里跑，任由缰绳在脖子上晃荡。约翰哈哈大笑道："这小子活该！"

"哎哟，哎哟，"那个男孩在荆棘丛里挣扎着，"我说，你过来拉我一把呀。”

“别了，谢谢，”约翰说，“我看你待在里面挺好的，多让刺儿扎你几道你就记得住了：不要让马去跳他跳不过去的门。”说完约翰就骑马走了。“说不定，”他自言自语道，“那小子不仅下手狠，还是个撒谎精。我们得到农场主布什比家里去，黑骏马。要是他们问起来，我们就如实告诉他们。”于是我们向右转了个弯，一会儿就走到堆谷场，看得到布什比家的房子了。那位农场主正急匆匆地往外面路上跑，他妻子站在门口，一脸的担惊受怕。

“你看到我家儿子了吗？”我们走近时，布什比先生问，“他一个小时前骑着我的小黑马出去，结果小马自己跑回来了，人却没在。”

“先生，我的看法是，”约翰说，“如果骑手不懂怎么骑马，这匹马没人骑反而更好。”

“这是什么意思？”农场主问。

“是这样，先生，我看见您儿子对那匹可爱的小马又是使鞭子，又是踢，又是打的，可真狠心，就为了马儿不愿跳一道他跳不过去的栅栏门。马儿表现得很好，先生，没有一点儿恶意；最后他只是扬起后腿，把小少爷甩到荆棘丛里去了。少爷叫我去帮他，但我不愿意，希望您能原谅，先生。他没摔断骨头，先生，只有几道皮外伤。我喜欢马，看见他们被糟蹋我就冒火。把动物逼到只能尥蹶子可太不明智了。有第一次就能有第二次啊。”

正说着，那个当妈的哭了起来：“噢！我可怜的比尔，我一定要去看看他，他肯定摔坏了。”

“你最好还是回屋里吧，夫人，”农场主说，“比尔是该受点儿教训了，这次一定要让他长记性。他欺负那匹马已经不是一两次了，我不能让他再这么干。我很感激你，约翰，再见。”

于是我们继续走上回家的路，约翰一路都在咯咯笑。他把这事告诉了詹姆斯，詹姆斯笑着说：“活该他受罪。那男孩是我们学校的，他平时可爱摆架子了，因为他爹是农场主。他不把别人放在眼里，还欺负年纪小的男生。我们大男孩当然不吃他那一套，要让他知道，在学校和操场上，农场主的儿子和工人的儿子都是一样的。我清楚地记得有一天下午快上课的时候，我看见他站在一扇大窗户面前捉苍蝇，捉到就把苍蝇的翅膀揪掉。他没看见我，我过去就给了他一耳光，把他打得瘫倒在地上。当时我气得不行，但看他在地上又哭又号，我还挺害怕的。操场上的男孩都冲了进来，老师也从路上过来，看看是不是有人被杀了。我当然立刻就坦坦荡荡地把我干了什么，起因又是什么讲给他们听，还把地上那些可怜的苍蝇指给老师看，有些被碾成了肉酱，有的无望地在地上蠕动，我还让老师看了窗台上的苍蝇翅膀。我从没见老师那么生气过，但比尔还在那儿鬼哭狼嚎，实在丢人现眼。老师没体罚他，而是让他在一个小凳子上坐了一个下午，并且告诉他一个星期都不许出去玩。然后，老师非常严肃地给男孩们讲了什么是残忍的行为，以及伤害弱者和无力反抗的生灵的人都是冷血、懦弱的人。给我印象最深的是，他说残忍是魔鬼特有的标记，当你看见有人以残忍为乐，你就能知道这人是邪恶的一方，因为魔鬼是个彻头彻尾的刽子手，只会给人带来痛苦；反之，如果我们看到有人爱邻居，善待人和动物，我们就知道那是上帝的标记，因为‘上帝就是爱’。”

“你的老师这堂课教得太好了，”约翰说，“所有信仰都离不开爱，人人都可以长篇大论地讲自己的信仰多么好，但如果你的信仰不教人善待人和动物，那就都是骗人的——都是骗人的，詹姆斯。当你将纷扰除去，把真相明明白白地摆出来的时候，这些鬼话就站不住脚了。”

第十四章　詹姆斯·霍华德

十二月的一个早晨，约翰带我出去遛弯回来，进了隔栏，给我穿上马衣，詹姆斯则拿着燕麦从谷仓过来，这时，主人走进了马房。他表情很严肃，手里拿着一封拆开的信。约翰把我隔栏的门闩好，手按帽檐行了个礼，然后等待吩咐。

“早上好，约翰，”主人说，“我想问问你对詹姆斯有没有不满意的地方。”

“不满意？没有，先生。”

“他工作勤劳吗？对你尊重吗？”

“是的，先生，一向如此。”

“他也不会找到机会就背着你偷懒吗？”

“从来没有，先生。”

“很好，但我还有一个问题。你是否有理由怀疑，他在遛马或送信的路上会停下来和熟人闲聊，或者为私事跑到人家家里，把马留在外面？”

“没有，先生，绝对没有。而且如果有人把这些罪名加在詹姆斯身上，我是决不相信的。要我相信只能让我亲眼看见才算数。我不好说这是有谁想毁坏詹姆斯的名声，但我想说一句，先生，他是这间马房里最稳重、最诚实、最聪明的小伙子。他说的话，我相信；他干的活，我放心。他打理起马儿来温柔又灵巧，我认识不少戴了加飘带的帽子、穿制服的年轻人，但这些人的一半我都信不过，我情愿把马交给他来管理。无论谁想了解詹姆斯·霍华德的为人，”约翰说着，把头坚定地一甩，“都叫他们来问我约翰·曼利吧。”

主人表情严肃地站在旁边，认真听着。约翰说完这番话后，主人脸上浮现出宽慰的笑容。他亲切地望着静静站在门边的詹姆斯，说：“詹姆斯，我的孩子，倒好燕麦就过来吧。我很高兴约翰对你品格的评价和我的完全一致。约翰是个很谨慎的人。”他恶作剧般地笑着说：“要想从他嘴里套出他对别人的看法从来都不容易。所以我就尽量想了个不会‘打草惊蛇’的法子，果然立刻就见效了。现在我们来谈正事吧。我这里有我妹夫克利福德·威廉姆斯爵士从克利福德府寄来的一封信，他要我帮他找一个信得过的年轻马夫，二十到二十一岁的熟手。他的老车夫跟了他二十年，已经干不动了，他想找人来跟着老车夫干活、学习，等老车夫回去领退休金了，好接替他的位子。一开始薪水是每周十八个先令[①]，给一套马厩里穿的制服、一套赶马的制服、一间卧室，手下还有一个打杂的男孩。克利福德爵士是个好雇主，如果能得到这个职位，对于你的未来是个很好的开端。我舍不得放你走，而且我知道，你一走，约翰就失去了一个好帮手。”

“的确是这样，先生，”约翰说，“但我无论如何都不会妨碍他的前程。”

“你多大了，詹姆斯？”主人问。

“明年五月就十九岁了，先生。”

“很年轻啊，你怎么看，约翰？”

“这个嘛，先生，他是有点儿年轻，但他已经像个男子汉一样强壮、结实了。虽然他还没怎么驾过车，但他眼明手快，做事仔细，我相信，在他的手里，马儿绝不可能因为蹄子和马掌没照料好而毁掉。”

“你的话最管用，约翰。”主人说，“克利福德爵士

① 先令：英国的旧辅币单位，已于 1971 年取消。后文的英镑、便士分别为英国货币单位和辅币单位。一英镑等于二十先令，一先令等于十二便士；自 1971 年起，一英镑等于一百新便士。

还在附言里说，‘若能找到由约翰培养出来的伙计，我就最满意不过了’。那么你考虑考虑吧，詹姆斯，吃饭的时候和你妈妈商量一下，然后把你的决定告诉我。”

这次谈话后过了几天，事情就定下来了，詹姆斯将按他主人的安排，一个月或一个半月后到克利福德府，中间这段时间他要尽力地多多练习赶车。我从没见过咱家的马车这样不停歇地进进出出：以前太太不出门的时候，主人就自己乘两轮轻便马车出去；现在呢，不管是主人还是年轻小姐，即使只出去很短的路程，也要把我和辣姜金杰套上车，让詹姆斯驾驶。一开始，约翰陪他坐在车上，教给他这个怎么使用，那个怎么操作，后来，詹姆斯就自己赶车了。

周六的时候主人要到城里好几个地方办事，一路经过各种奇奇怪怪的街道，让我大开了眼界。每次我们途经火车站时，必然赶上火车进站的时刻，各种出租马车、拉货的四轮马车、敞篷大马车和公共马车都挤在一起过桥。车站铃声响起时，只有好马和熟练的车夫才过得去，因为桥很窄，而且车站前面还要拐一个很急的弯，你非得手疾眼快、胆大心细才行，否则不是别人撞了你，就是你撞了别人。

第十五章　老马夫

后来，主人和太太决定到离家大约四十六英里的地方探望几个朋友，赶车的是詹姆斯。第一天我们走了三十二英里，我们翻过了几座高山，但詹姆斯驾车仔细，常为我们着想，所以一路上并没觉得太苦太累。下坡的时候，他每次都记得把刹车铁卡到轮子上，走到平路时，又把刹车松开。他领我们往平整的地方走，如果山坡很长，他就驾车走“之”字形，免得车子往后溜，我们也省点儿力气。这些小细节对马很有帮助。不仅如此，他还时时给我们鼓劲儿。

我们在路上停过一两次，太阳下山时就到了计划中过夜的小镇。我们去了一家最大的旅馆，位置就在集市里。旅馆地方很大，我们驾车穿过一道拱门，到达一个院子，靠最里头是马房和马车房。店里的两个马夫过来帮我们卸车。马夫头儿是一个乐呵呵的小个子，动作敏捷，一条腿有点儿瘸，穿一件黄色条纹的马甲。我从没见过有谁卸马具的动作能比他还快。他轻轻地拍拍我，温和地和我说几句话，然后牵着我进了长长的马厩。里面有六个或八个隔栏，已经站了两三匹马。另一个人把辣姜金杰也牵了进来。他们给我们洗刷和梳理的时候，詹姆斯就在旁边看着。

能像这个小个子老头这样轻柔而快速地给马梳洗的人，我是头一次见。梳洗完毕后，詹姆斯上来把我全身检查了一遍，生怕洗得不够彻底。结果他却发现我的皮毛像丝一样光滑又整洁。

“哇，”他说，“我以为我干活已经够快的了，我们家的约翰还要快一点儿，但你把所有人都比下去了，这活儿干得又快又好。”

“熟能生巧嘛，”瘸腿的小个儿马夫说，“天天干还干不好可就丢脸了，都四十年啦，那必须得好啊，哈哈！要说我手快嘛，谢谢，上帝保佑你！这只是个习惯问题。如果你养成了干活快的习惯，就和慢慢干是一样的。要我说，其实更容易。说实在的，要是干个活一步三挪，多花一倍的时间，我这身子骨就吃不消了。上帝保佑你！我可不能弯着腰干活，还和其他人一样哼着小曲儿！知道吗，我从十二岁就开始跟马打交道，在猎马和赛马的马房里都干过。您看，我个头小，还当了好几年的赛马骑师。但在古德伍德赛马场[1]上，你看，那儿的草地很滑，我可怜的翠雀草摔倒了，伤了我的膝盖，在那儿我就没什么用处了。但我离开了马儿就活不下去，真的活不下去，于是我就到旅馆找活儿干。我告诉你，能伺候这么一匹好马可真教我开心，品种好，有教养，喂得也好，愿上帝保佑你！马儿养得好不好，我一眼就看得出来。把马儿交到我手里二十分钟，我就能告诉你他有个什么样的马夫。看看这匹马，安静又愉快，叫他转身他就转身，自己知道把蹄子抬起来给你擦洗，你叫他干吗他就干吗。那一匹呢，脾气暴躁，不老实，在隔栏里乱跳。你一走近，他就把头抬得高高的，耳朵往后倒，好像怕你似的；或者蹄子刨着地，摆出要跟你拼命的架势。可怜的家伙！我知道他们平时都受了什么样的待遇。如果他们天生胆小，那样的待遇就更让他们惊恐、畏缩。要是天生暴脾气，就会变得凶暴危险。马的脾气多半在小时候就形成了。愿上帝保佑你！他们就像小孩，给他们有益的环境，像《圣经》里说，‘教养孩童，使他走当行的道，就是到老他也不偏离’，的确是这样。”

“我喜欢听你说话，”詹姆斯说，“我们在家里就是按这种方式做事的，在我们主人家。”

---

① 古德伍德赛马场：位于英格兰西萨塞克斯郡奇切斯特市北部，是世界上最美丽的赛马场之一，世界著名的古德伍德赛马会就在这里举行。

“年轻人，你的主人是谁？如果我这么问合适的话。从我看到、听到的，我能断定他是一个好人。”

“我的主人是伯特威克庄园的乡绅戈登，就在比肯山的那一边。”

“啊！原来是他，我听说过你家老爷，相马的好手，对不对？还是县里最好的骑手？”

“我相信是的，”詹姆斯说，“但自从可怜的小少爷死了之后，他就很少骑马了。”

“唉！可怜的孩子。报纸上登过，我全都知道。还死了一匹好马，是不是？”

“是的，”詹姆斯说，“那匹马可真棒，就是这匹的哥哥，他俩一模一样。”

“造孽啊，造孽啊！”老人说，“如果我没记错的话，他不该在那个地方起跳，前方的地面高处是一道稀疏的栅栏，但一翻过去却是溪边陡峭的河岸，对不？一匹马根本不可能看清前面的路。我呢，也和其他人一样，能理解他们骑马要图个刺激，但有的地方只有特别老道的猎人才有资格去跳。一条人命和一匹马的命可比一只野兔宝贵多了，至少我认为是这样。”

这时候，另一个马夫给辣姜金杰收拾干净，把我们的马料端了进来，詹姆斯和老人就一起走出了马房。

第十六章　马房失火

那天更晚一些的时候，另一个马夫牵进来一位客人的马，正在刷洗时，一个年轻人嘴里叼着烟斗吊儿郎当地踱了进来。

“喂，迪克，”马夫说，“从这梯子爬到顶楼去，拿点儿干草下来给这匹马添到食槽里，好吗？不过先把你的烟斗放下。”

“好吧，”那人说着就爬上楼梯，钻进了天花板上的活板门。我听见他在阁楼里走动，然后把干草拿了下来。詹姆斯最后进来看了我们一眼，门就关上了。

我不知道睡着了多久，也不知道那时是夜里几点。我醒过来的时候非常难受，但我也不知道为什么。我爬起来，感觉空气混浊，有点儿呛嗓子。我听到辣姜金杰在咳嗽，另一匹马焦躁不安地走来走去。马房里很暗，我什么也看不见，但空气中好像充满了烟雾，我简直气都喘不过来。

顶上的活板门是开着的，我想烟就是从那里面冒出来的。我仔细地听，听到轻轻的毕毕剥剥的声音，还有断裂的咔嚓声。我不知道发生了什么，但这声音非常诡异，让我听得浑身发抖。其他的马也都醒了，有些在扯缰绳，有些在跺脚。

终于，我听到外面传来脚步声，那个把旅客的马牵进来的马夫提着灯冲了进来，把马一匹匹解开，想把他们都牵出去。但他在马房里急匆匆地跑，一副惊慌失措的样子，把我们看得更害怕了。他先牵了一匹，但那马不肯走；他又去拉第二匹、第三匹，他们都不肯动弹。接着他来拉我，想硬把我拉出马房，但肯定是白费力气。他把我们都试了一遍，最后只好走了。

我们这么做当然是很愚蠢的，但危险似乎无处不在，身边又没有熟识的面孔或可信赖的人，一切都那么陌生，那么不可知。新鲜空气从被打开的马房门透了进来，使呼吸没那么困难了，但顶上毕毕剥剥的声音越来越大，我抬起头，透过空空的草料架的横档，只见墙上红光跳跃。这时我听到外面有人大喊："着火啦！"然后那个老马夫悄无声息地闪身进来，牵出一匹马，然后又是一匹，但火焰在活板门周围恣意蔓延，顶上传来的呼——呼声十分可怕。

紧接着，我听到了詹姆斯的声音，和往常一样冷静又愉快。

“来吧，我的黑骏马，我们该走了，醒一醒，要上路了。”我离门最近，于是他往我这边走，到了身边就拍了拍我。

“来吧，我的黑骏马，戴上笼头，好孩子，我们马上就离开这个呛死人的地方。”笼头一下就戴上了，他把自己脖子上的围巾取下来，轻轻地系在我的眼睛上，一边安慰我，拍着我，一边把我牵出了马房。走到院子里安全的地方，他摘掉我眼睛上的围巾，高喊道：“喂！来个人！看着这匹马，我去牵其他的！”

一个高大魁梧的人过来牵住我，詹姆斯就转身冲回了马房。看到他离开，我凄厉地嘶鸣起来。后来，辣姜金杰告诉我，我那声嘶鸣帮了她的大忙，要不是听到我在外面，她是怎么也不敢出来的。

院子里一片混乱，一匹匹马被牵出来，大小马车也从房子和棚屋里被拖出来，以防火势控制不住。院子的另一头，窗户也一扇扇打开了，里面的人扯着嗓子大喊大叫。我的眼睛一直盯着马房的门，只见里面冒出的黑烟比之前更浓了，中间还有红色的火光闪动。在所有的喧闹中，我听到了主人清晰、有力的声音，“詹姆斯·霍华德！詹姆斯·霍

华德！你在吗？”没人回答，我只听到轰隆一声，马房里什么东西倒了，紧接着我便发出了兴奋的嘶鸣，因为我看到詹姆斯从烟雾中走了出来，手里牵着辣姜金杰。她在剧烈地咳嗽，詹姆斯也被呛得说不出话来。

“我勇敢的孩子！”主人把手放到他的肩膀上，“你有没有受伤？”

詹姆斯摇摇头，这会儿他还说不出话来。

“啊呀，”那个牵着我的高个男人说，“真是个勇敢的孩子，没的说。”

“现在，”主人说，“等你缓过来，我们就立刻离开这个地方，越快越好。”我们往大门走，这时集市那边传来奔腾的马蹄声和隆隆的车轮声。

“消防车来了！消防车来了！”两三个人喊道，“往后退，快让路！”两匹马拉着沉重的灭火泵嘚嘚地冲进院里，车轮在石板路上发出震耳欲聋的声音。消防员跳到地上，都不用问哪里失火了——屋顶已经烧得火光冲天。

我们尽快赶到了集市那宽阔的道路上，天空中星光闪耀，除了身后的喧闹声外，周围一片寂静。主人领着我们走向集市另一边的大旅馆，马夫一过来，主人就说：“詹姆斯，我必须赶到夫人那里去，马儿就托付给你了，需要什么只管买。”说完他就走了。主人并没有跑，但我从没见过任何一个人走路能像那晚的主人一样飞快。

还没进马厩，我们就听到远处传来恐怖的声音，那些没能逃出去的马儿被活活烧死时发出的惨叫——太恐怖了！我和辣姜金杰都很难过。但我们安安全全地进了马厩，被照顾得很好。

第二天早上主人过来看我们，跟詹姆斯说话。我没听到多少，因为那时马夫在给我刷洗，但我看到詹姆斯很高兴，我想主人一定很为他骄傲。昨晚我们的女主人受了惊，于是就推迟到下午再上路。詹姆斯有一早上的时间空出来，就去之前那家旅馆看我们的挽具和马车怎么样了，顺便打听一下这次火灾的消息。他回来以后，我听到他把事情的原委告诉了马夫。一开始，谁也不知道火是怎么烧起来的，但后来有人说他看见迪克·托勒嘴里叼着烟斗进了马房，但出来的时候烟斗没带出来，还去酒吧里又买了一个。然后那个马夫帮手说他曾让迪克爬梯子上阁楼拿点儿干草，而且提醒过他先把烟斗放下。迪克说他进马房的时候没带烟斗，但谁也不信他。我记得我们家的约翰·曼利有规定，马房里不能有烟斗。我觉得所有马房都应该实行这条规定。

詹姆斯说房顶和地板都塌掉了，只剩下一堵黑色的墙。两匹没能救出来的马被埋在烧焦了的房梁和瓦砾里。

第十七章　约翰·曼利的教导

剩余的旅途走得很轻松，日落后不久我们就到了主人的朋友家。我们被牵进了一间干净、暖和的马房里。这家车夫为人很好，把我们照料得很周到。当他听说那场火灾的事情后，对詹姆斯的评价很高。

“有一件事是明明白白的，年轻人，”他说，“你的马儿知道他们可以信任谁。当遇上火灾或洪水的时候，最难的就是把马儿从马房里赶出来了。我不知道为什么他们不肯出来，不肯就是不肯——二十匹马里也找不出一匹敢出来的。”

我们在这里待了两三天就回家了，路上一切都很顺利。能回到自己的马厩里，我们非常开心，约翰再次看见我们也很高兴。

晚上詹姆斯和约翰离开时，詹姆斯说：“不知道谁来接替我的位子。”

“门房那里的乔·格林。”约翰说。

“乔·格林！但他还小呢！”

“他十四岁半了。”约翰说。

“可他是个小不点儿。”

“没错，他个头是不大，但他手脚快，还听话，心肠也好，而且他很想到这儿来干活。他的父亲也同意。我知道主人愿意给他个机会。他说了，如果我认为小格林不行，他就再去找个大一点儿的男孩。但我说我很乐意让他试用六个星期。”

“六个星期！”詹姆斯叫起来，“天哪，至少六个月，他才能帮得上点儿忙！这下你的担子可就加重了，约翰。”

“没事，”约翰笑了一声，“我和工作是老朋友了，我从来不怕干活。”

“你真是个好人，”詹姆斯说，“我希望我也能像你一样。”

“我很少讲我过去的事，”约翰说，“但既然你要离开我们，自己去闯世界，去塑造你的未来了，我就跟你聊聊我对一些事的看法吧。当我和约瑟夫[1]一样年纪的时候，

---

① 约瑟夫：乔·格林的全称。

我的父母得热病去世了，留下我和我瘸腿的妹妹奈丽在这个世界上，孤孤单单的没有一个亲戚可以投靠。我是个农民的儿子，挣的钱还不够养活我自己，更何况还有个妹妹要扶养。若不是夫人帮着我们，妹妹肯定只能去劳动救济所了。妹妹说夫人是天使，夫人的的确确可称得上是一位天使。她在老寡妇马利特那里给奈丽租了一个房间，等她会做针线活了就让她做一些活计。她生病的时候，夫人叫人给她送饭和各种温馨的小东西，就像妈妈对待女儿一样。然后主人收我在马房里给那时的车夫老诺曼做帮手。我在主人家吃饭，在阁楼里还有一张床，有一套制服，一周还能领三先令，那样我就能帮助奈丽过活了。我还要提提老诺曼，他本可以不要我，说他年岁大了，教不了只会帮着扶犁、其他啥也不会的小孩。但事实是他对我就像父亲一样，尽心尽力地教我。几年后，老人去世了，就由我接他的班。而现在，我拿着最高的薪水，还攒下来点儿钱，以备不时之需。奈丽也过得很幸福。所以，你看，詹姆斯，我会嫌弃什么也不懂的小男孩，给我们善良又宽容的主人添麻烦吗？我不是那种人！我会非常想你的，詹姆斯，但这点困难会过去的，最重要的是当行善的机会就在你面前时，不要吝惜那举手之劳。能帮到别人，我很高兴。”

“还有，”詹姆斯说，“‘人不为己，天诛地灭’这句话，你是不认同的吧？”

“不，决不认同，”约翰说，“如果主人、夫人和老诺曼只顾自己，我和奈丽会落到什么境地？还能怎样——她在劳动救济所，而我在挖菜根充饥！如果你只顾你自己，黑骏马和辣姜金杰会怎么样？当然是活活被烤死！不，吉姆[①]，不！这句话太自私，不道德。说这话的人，还有那些万事只考虑自己的人，要我说啊，就该让他们一生下来就像小猫小狗那样被淹死才好呢。”约翰说着，坚决地甩了一下脑袋。

詹姆斯笑了起来，但当他开口时，声音里多了些许哽咽：“除了我妈妈以外，你就是我最亲的人了，希望你别忘了我。”

“不，孩子，不会的！”约翰说，“如果有什么要我帮忙，你也别忘了找我。”

第二天乔来到马房，趁着詹姆斯还没走，他要尽量多学些东西。他学着打扫马房，把稻草和干草搬进来；然后开始擦洗挽具，帮着洗马车。他个头太矮，还够不着给辣姜金杰和我刷洗，詹姆斯就教他刷洗欢蹄梅里，以后就由他在约翰手下全权负责欢蹄梅里。乔是个快乐的好孩子，经常吹着口哨来马房干活。

① 吉姆：詹姆斯的简称。

欢蹄梅里一开始很生气，说他们叫了个“什么也不懂的毛孩子”来“瞎捣鼓”。但第二周快结束时，他悄悄跟我说，他相信那孩子能成才。

詹姆斯离开我们的那一天终于来临了。他平时是一个乐呵呵的小伙子，到了这天早晨却闷闷不乐。

“你看，”他对约翰说，“我这一走，撇下的可真不少：我的母亲和贝西，还有你，还有我的好主人和夫人，然后还有马儿们，还有我的老欢蹄梅里。到了新家，我连个鬼都不认识。要不是因为去了那里职位更高，能帮我母亲过得好一点儿，我是下不了决心离开的。真让人难受啊，约翰。”

“唉，詹姆斯，孩子啊，该怎样就怎样吧。不过，要是你第一次离开家的时候一点儿也不难过，我会觉得你这个人不地道。高兴点儿吧，你在那里会交上朋友的。你能干好的——我知道你可以的。那样对你妈妈也好，她会为你能到那么好的地方而骄傲。”

约翰让他振作了起来，但詹姆斯走了，大家都很难过。至于欢蹄梅里，他一连几天苦苦思念着他，饭也吃不下几口。于是好几个早晨，约翰在带我出去运动时，就用没衔铁的牵马绳把他也带出来，和我一起奔跑，帮这个小矮个打起精神来，没多久他就好了。

乔的父亲托马斯·格林经常过来帮忙，因为他也懂马房里的活计。乔投入了很大的精力去学习，约翰为此十分宽慰。

第十八章　快去请医生

詹姆斯走后的一个晚上，我吃完草料，躺在干草上睡得正香，忽然马厩里铃声大作，把我吵醒了。我听到约翰的房门打开了，然后他咚咚咚地跑去门厅。很快他又跑了回来，把隔栏门打开，走进来大声喊道：“醒一醒，黑骏马，你得跑一趟了，能跑多快就跑多快！”我脑子还没转过来，他就把马鞍往我背上一放，马笼头给我一套，然后跑去拿好外衣，牵着我跑到大厅门口。乡绅手里提着灯等在门边。

“听着，约翰，”他说，“拼了命地跑，为了救夫人的命，一秒钟都别耽搁。把这张条子拿给怀特医生。在客栈歇歇马，然后就回来，越快越好。”

约翰说：“是，先生！”说完便翻身上马。住在门房的园丁听见铃响，早已把门打开。我们径直穿过庄园，冲过村庄，跑下山坡，到了收费站。约翰大声喊叫，把门敲得砰砰响。守门的马上出来升起吊门。

“听着，”约翰说，“开着门等医生，这是钱。”然后我们继续飞奔上路。

前面是一条长长的沿河岸的平路，约翰对我说：“现在，黑骏马，开跑吧。”我立刻狂奔起来。我用不着鞭子或者马刺，马不停蹄地飞速奔跑了两英里。我那位在纽马克特赛马会上得奖的祖父恐怕也没我跑得快。约翰拽着缰绳，让我稍稍慢一点儿，拍拍我的脖子，说：“干得好，黑骏马！你真棒！”他本想让我速度别太快，但我跑得精神了，立刻又和刚才一样跑得飞快。空气有些凉，那晚的月亮很亮，让人心旷神怡。我们穿过村庄，走过一片漆黑的森林，上山又下山，足足跑了八英里，终于到了镇上。我们过了几条街，来到集市。周围一片寂静，只听得到我的蹄子踩在石板上的嘚嘚声——所有人都睡了。我们来到怀特医生的家门口，教堂的钟敲了三下。约翰打了两次门铃，然后把门敲得山响。一扇窗户掀了起来，怀特医生探出戴着睡帽的脑袋问：“怎么回事？”

“戈登夫人病得很重，先生，主人请你立刻就去。如果你赶不过去，主人说夫人可能会死。这里有个条子。”

“等一等，”他说，“我这就下来。”

他关上窗户，很快就下来开了门。

“真糟糕，”他说，“我的马出去跑了一天，现在已经没力气了。我的儿子又被人请出去了，把另一匹马也骑走了。要怎么办才好？我能骑你的马吗？”

“他这一路几乎都是飞奔着过来的，先生，我本来得让他在这里歇一会儿。但如果你觉得可以的话，我想我主人是不会反对的，先生。”

“好吧，”他说，“我马上就准备好。”

约翰站在我身旁摸着我的脖子。我身上很热。医生提着马鞭走了出来。

“这你就不用带了，先生，”约翰说，“黑骏马会一直跑到累倒为止。可能的话，请好好照顾他，我不想他受到任何的伤害。”

“不，不会的，约翰，”医生说，“我希望不会。”没一会儿，我们就把约翰远远地甩在了后面。

回去这趟路上的事我就不多说了。医生比约翰重多了，骑术也不怎么样，但我还是尽了全力。收费站的人把门一直开着。跑到山前时，医生把我拉停了。“慢点儿，我的好家伙，”他说，“歇口气再走。”我很高兴他让我休息，因为我已经快筋疲力尽了。把这儿口气缓过来，我觉得好多了，没一会儿就到了庄园。乔站在门房旁，我的主人则早就听到我们的声音，已经等在了大厅门口。他一句话也没说。医生跟着他进了房间，乔把我牵回马房。回到家里我真高兴，我的腿抖个不停，只能站着喘粗气儿。我身上的毛没有一片是干的，汗水顺着腿往下淌。我浑身冒着热气，用乔的话来说，我就像火炉上的水壶。可怜的乔！他年纪小，个头小，懂的也不多。他爸爸本来可以帮他，但那时被派往邻村去了。我相信只要他知道的，他都已经尽力去做了。他给我擦了腿和胸，但没有给我穿上温暖的马衣，因为他以为我太热了，恐怕穿不住。然后他打了满满一桶水给我喝。水很凉，很解渴，于是我喝光了。他又给我添了草料和谷子，然后觉得该干的都干好了，他就走了。很快我就开始浑身止不住地发抖，身体冰冷。我腿疼，腰疼，胸口也疼，浑身到处酸痛。唉，我站着发抖的时候，真想穿上我那又厚又暖的马衣啊。我盼着约翰赶紧回来，可是他还有八英里的路要走呢。于是我在干草上躺下，试着睡一觉。过了很长时间，我听见门口传来约翰的声音，就无力地呻吟了一声，因为我实在是太难受了。约翰马上走过来，在我身旁蹲下。我没法告诉他我的感觉，但他一眼就看明白了。他给我披上三四层马衣，然后跑回屋里拿来热水，给我弄了些暖和的稀粥。喝完后，我就睡着了。

约翰一定是给气坏了，我听到他一遍又一遍地对自己说：“蠢小子，蠢小子！马衣也不盖！我敢说那水也是凉的。小孩子全都靠不住！”其实不管怎么说，乔是个好孩子。

我病得很重，肺部严重感染，连喘气的时候都疼。约翰日日夜夜地照顾我，晚上起来三四次来看我，主人也经常来探望我。

“我可怜的黑骏马，”一天他说，“我的好马，你救了女主人的命啊，黑骏马！是的，你救了她的命。”听到这个消息我很高兴，因为医生好像说过，如果我们到得再晚一些就来不及了。约翰对主人说他这辈子从没见过哪匹马能跑得那么快，就好像马儿知道发生了什么。我当然知道，只是约翰不相信。至少这一点我是明白的，为了我们的女主人，我和约翰必须全速前进。

第十九章　只因无知

我不知道我病了多久。马医邦德先生每天都来给我看病。一天他给我放了血，约翰抬着桶接血。之后我觉得非常虚弱，感觉自己要死了，我相信他们也都以为我要死了。

辣姜金杰和欢蹄梅里搬去了另一个马厩，因为我需要安静。发烧使我的听觉变得十分敏感，一点儿声音在我听来都是噪声。我能分辨得出屋子里每个人走进走出的脚步声，发生的所有事情我也都知道。一天夜里，约翰喂我喝药水，托马斯·格林来帮他。吃完药，约翰尽力把我弄得舒服一点儿，并说他要留下观察半小时，看药喝下去会不会有什么反应。托马斯说他可以陪他等，于是他们到欢蹄梅里的隔栏里，坐在之前放进去的一条长凳上。他们把灯放在脚边地上，免得我被灯光打扰。

好半天两人只是静静地坐着，然后汤姆[1]·格林低声说道：

“我希望你，约翰，跟乔好好说句话。那孩子心都碎了，饭也吃不下，笑也不笑了。他说虽然他按他知道的尽力去做了，但他知道这全都是他的错。他还说，如果黑骏马死了，就再也没人和他说话了。听他这么说，我心里也很难过。我想你就跟他说句话吧，他不是个坏孩子。”

沉默了很长时间，约翰开口慢慢地说：“你也不能太为难我，汤姆。我知道他没怀着坏心。我从没这么说过。我也知道他不是坏孩子，但你看，我也很痛苦。那匹马是我心中的骄傲，更不用说老爷和夫人都特别喜欢他。想到他可能就这样白白死掉，这样的打击我是承受不住的。但是，如果你认为我对这个男孩太苛刻了，那么我明天可以跟他说句话，前提是黑骏马的病情有好转才行。”

“好啊，约翰！谢谢你，我就知道你不是个硬心肠的人，我很高兴你也知道这只是无知闯的祸。”

约翰一听便吼了起来，把我吓了一跳。“只是无知！只是无知！你怎么能说只是无知？难道你不知道世界上除了邪恶以外，最糟糕的就是无知吗？哪一种的危害更大，

①汤姆：托马斯的简称。

只有天知道。人们心安理得地说‘哦，我不知道，我没想干坏事’，以为这样就没事了。我想玛莎·马尔沃什在给婴儿达尔比喂镇静糖浆的时候，一定不是故意要把这孩子害死。可孩子还是死了，玛莎因为谋杀罪被告上了法庭。”

“她是活该，”汤姆说，“她不知道什么对婴儿好，什么对婴儿不好，就不应该去护理娇弱的婴儿。”

“比尔·斯塔基，”约翰继续道，“装扮成鬼的模样，在月光下追赶他弟弟，他也没料到会把弟弟吓傻，但已经无法挽回。那个聪明、英俊的小男孩，谁做他的母亲都会为他感到骄傲，现在就和白痴差不多，就算活到八十岁也只能是这个样子了。你碰上这样的事不是也很难过吗，汤姆？两周前，年轻小姐们忘记把温室门关上，寒冷的东风灌进去，把你的多少植物都冻死了。”

“冻死不少！”汤姆说，“插条上新长出来的嫩芽全冻掉了，我只能重插一遍，但最糟糕的是我不知道上哪儿去找新的插条。当时我进去一看，简直都快急疯了。”

“就是啊，”约翰说，“但我相信小姐们也不是故意的，只是无知罢了。”

后面的话我没听到，因为吃下去的药见效了，我就睡着了。早上我便感觉好多了。后来我对这个世界了解得更多了，就常想起约翰的这些话。

第二十章　乔·格林

乔·格林进步很快，他学东西很快，认真又仔细，约翰也就放心地交代他做些事情。但我之前提过，他年纪还小，因此很少让他带我和辣姜金杰出去锻炼。但凑巧的是，一天早上，约翰坐正义贾斯蒂拉的行李车出去了，但主人有一封信要立刻送到三英里外的一位先生家，于是命令乔骑我去送信，还额外嘱咐他小心一些。

信送到了我们就往回走，一路平安无事，但当我们路过砖厂时，却看见一辆货车装满了沉甸甸的砖头，压得车轮深陷在地上泥泞的车辙里。货车车夫大吼大叫，毫不留情地用鞭子抽拉车的两匹马。乔停了下来。这场景看得人实在揪心。那两匹马使出了全身力气，挣扎着想要把轮子拉出来，但车子就是不动。汗水从他们的腿上和两肋流淌下来，他们的胸脯剧烈地起伏着，每一块肌肉都绷得紧紧的。但那人还在猛拉领头马的缰绳，一边骂一边凶狠地用鞭子抽。

“住手！”乔说，“别再这样打他们，车轮被卡住了，他们拉不出来。”那人继续挥舞着鞭子，完全没有理会。

“停！请你停下，”乔说，“我来帮你把货卸掉一点儿，这个样子马是拉不动的。”

“一边儿去，你这没大没小的滑头，别多管闲事！”看样子那人喝过酒，劲儿全上来了，怒气冲冲地把鞭子又抽了下去。乔让我掉了个头，朝砖厂头儿家飞速跑去。不知道约翰会不会同意我们跑那么快，但现在我和乔都只有一个想法，胸中的怒火让我们根本慢不下来。

砖厂头儿的家就在路边，乔上去敲门，喊道：“喂，克莱先生在家吗？”门开了，克莱先生走了出来：“你好啊，年轻人，你一大早赶得那么急，是戈登先生有什么事吗？”

“不，克莱先生。您的砖厂里有个人快把那两匹马抽死了。我让他停手，但他不听。我说我来帮他给马车卸点儿货，他也不准。所以我只能来找您了。求您了，先生，快去。”乔着急得声音都在发抖。

“谢谢你，年轻人。”那人说完，立刻去拿帽子。但他忽然停下了：“如果我把那家伙送到治安官那里，你愿意去做证，把刚才看到的情况说一说吗？”

“好的，”乔说，“我愿意。”那人走了，我们就迈着轻快的步子回了家。

乔刚下马，约翰就问：“咦，你怎么了，乔？你看上去气坏了。”

“我是气坏了，我告诉你……”男孩说。然后他激动地把刚才的事飞快地说了一遍。平日里，乔是一个安静、温和的小家伙，他那么动怒可真少见。

“好！乔！你做得对！不管那家伙会不会被传唤，好孩子。很多人遇到这种事多半会走开，说‘别人的事跟我没关系’。但现在我要说，看到暴虐行为时，人人都有责任去干涉。你做得对，孩子。”

乔这时平静多了，听到约翰的表扬，他很自豪，之后给我洗蹄子和刷身上时，他的双手都比平时有劲儿。

他们正准备回家吃午饭的时候，男仆来到马厩请乔立刻到主人的办公室里去一趟。有一个人因为虐待马匹被带了过来，需要乔去作证。乔兴奋得满脸通红，两眼放光。“我这就去。”

“打整一下再走。”约翰说。乔拉拉领带，把上衣扯一扯，抬脚就走了。我们的主人也是镇上的治安官，经常有案子请他处理，或是请他出主意。在马房里，我们好半天都没听到其他消息，因为人们都去吃午饭了。后来我看到乔精神抖擞地回到了马厩，还高兴地拍了我一下，说：“我们不能袖手旁观，对不对，老伙计？”后来我们听说由于他给出了确凿的证词，而且马儿的确都被累得体力不支，身上还有被虐待的痕迹，那个货车车夫将接受审判，结果可能得在牢里蹲两三个月。

在乔的身上发生了巨大的变化，我看得十分欣慰。约翰笑着说这一星期里乔长高了一英寸。我相信他的确长高了。乔还和以前一样善良、温和，但行事又添了一份决断的劲儿，就好像一下子从男孩变成了男子汉。

第二十一章　离别

我已经在这个幸福的地方住了三年，但悲惨的变故即将落到我们头上。我们经常听说女主人又生病了，医生来得很勤，主人总是焦急万分的样子。然后我们听说夫人必须离开这里，到一个暖和的国家住上两三年。所有人听到这个消息时就和听到丧钟鸣响一样。每个人都很难过。主人立刻开始打点家什，准备离开英国。我们经常在马厩里听他们谈论这事，其实，除此之外他们就没谈别的。

干活的时候，约翰话也不说，愁眉苦脸地闷着；乔也不吹口哨了。家里人来人往，我和辣姜金杰每天忙个不停。

第一批离开的是杰西小姐和弗洛拉小姐，还有她们的家庭教师。她们到马房来和我们道别，就像老朋友一样拥抱了可怜的欢蹄梅里，而他们的确是老朋友了。然后我们就听说了对我们的安排。主人把我和辣姜金杰卖给了他的朋友，W伯爵，主人认为那是个好归宿。欢蹄梅里被送给了牧师，牧师正好想要一匹矮种马给布鲁姆菲尔德夫人骑，但条件是他们永远都不把马卖掉，等他老得不能干活了，再击毙埋掉。

乔跟着去牧师家照看欢蹄梅里，也帮着干活，所以我想欢蹄梅里会没事的。好多人家都想请约翰过去，但他说他想再等等看。

主人离开的那一晚，他到马房来交代事情，也最后一次拍拍他的马儿。他伤心透了，我能从他的声音里听出来。我相信比起人来，我们马儿能从声音里听出更多的东西。

“你决定好去哪儿了吗，约翰？”主人说，“我看你一家也没答应。”

“没有，先生。我想好了，如果能找到一流的马驹调教师，跟他们找点儿事做，那就最适合我了。很多年幼的动物因为调教不当，受了惊吓，健康也受损；但如果让懂行的人来做的话，这些都是可以避免的。我这个人一向善于和马打交道，如果我能从一开始就帮助小马驹成长，我就算做了善事了。您怎么看，先生？”

“在我认识的所有人里，”主人说，“我认为就你最适合干这行。你了解马的习性，他们也像能听懂你的话一样。慢慢来，你就能成名立业。我觉得你已经做得很好了。如果你有什么需要帮忙的，就写信给我。我会跟我在伦敦的代理人说，把你的推荐信给他。”

主人把名字和地址给了约翰，并感谢他那么多年来忠诚的服务。约翰很过意不去，说：“求您别这样，先生，我承受不起。您和亲爱的夫人对我那么好，我是怎么也报答不完的。我们永远都不会忘记您，先生，上帝保佑，但愿我们能看到夫人健健康康地回来。我们一定要有信心，先生。”主人和约翰握握手，什么也没说，两人就一起离开了马房。

最后一天来临了。男仆带着大件行李头一天就走了，剩下的只有主人、夫人和夫人的女仆。我和辣姜金杰最后一次把马车拉到大厅门前。仆人们搬出来靠垫、毛毯和其他许多东西。全都安排好以后，主人抱着夫人走下台阶（我站在宅子的侧边，能看得很清楚），小心地把夫人放到车上，家里的仆人都围在旁边哭泣。

“让我们再一次道别吧，”主人说，“我们永远都不会忘记你们。”然后他上了车：“出发吧，约翰。”

约翰跳上车，我们小跑着穿过庄园，走过村庄，人们都站在家门口和主人最后见一面，并对他们说：“上帝保佑。”

到火车站以后，我猜女主人下马车后走去了候车室。

我听到她用她那甜美的声音说:“再见,约翰,上帝保佑你。”我感到缰绳抽动了一下，但约翰没有回应，也许他已经说不出话来了。乔把行李从马车上搬下来，约翰让他站在马旁边，自己朝站台走去。可怜的乔！他靠近我们的脑袋站着，偷偷抹着眼泪。很快，火车喷着烟进了车站。又过了两三分钟，车门砰地关上，警卫哨子一响，火车就开走了，只留下一团团白色的烟雾和几颗沉重的心。

火车从我们视野中消失后，约翰才回来。

“我们再也见不到她了，”他说，“再也见不到了。”他拾起缰绳，跳上车座，和乔一起慢慢地驾车回家。不过，这里再也不是我们的家了。

第二部分

第二十二章　伯爵府

第二天早晨吃过早饭后，乔给欢蹄梅里套上女主人那辆小轮轻便马车，把他送去牧师家里。乔先过来和我们道别，欢蹄梅里就在院子里悲伤地咴儿咴儿叫。然后约翰给辣姜金杰放上马鞍，给我系上牵马绳，穿过乡村，去往十五英里外的伯爵府，也就是W伯爵住的地方。这里有一栋豪华的房子和很宽敞的马房。我们沿着一条石头路进了院子，约翰报上去要见约克先生。过了好一会儿约克先生才出来。约克先生是一位仪表堂堂的中年人，从他的声音里你就能听出来，他的指令不得违抗。他对约翰很客气，也很友善；他看了我们一眼，就叫马夫过来把我们领到隔栏里去，然后请约翰去用些茶点。

我们被带去一间明亮、通风的马厩，两个隔栏挨在一起，然后他们就给我们刷洗、喂食。过了大约半个小时，约翰和我们未来的车夫——约克先生，过来看我们。

“曼利先生啊，”他仔细地检查过我们以后，说，“我从这两匹马身上挑不出一点儿毛病，但我们都知道，马就和人一样，各有各的特点，有时候需要特殊对待。我想知道，你觉得这两匹马有没有什么特殊的地方要交代给我？”

“这个嘛，”约翰说，“我相信在本乡你再找不出比这一对儿更好的马了，离开他们我非常难过。但这两匹马性格很不一样。黑色的那匹是我见过的最温和的，我想他从一生下来就不知道何为打骂，服从命令似乎就是他生活中的乐趣所在。但栗色的那匹马，我估计受过虐待，马贩子也是这么说的。她刚来的时候会咬人，也不信任我们，但等她发现我们家对她好，她的坏毛病就逐渐改掉了。三年里我都没见她发过哪怕是一点点儿脾气，如果能好好对她，她就是一匹最听话、最能干的马。但比起那匹黑马来，她天生就要暴躁一些，苍蝇能惹得她气愤，马鞍没放正她也跟你急，要是虐待或者轻视了她，她可是会以牙还牙的。你知道，很多天生有血性的马都是这样。”

“当然，”约克说，“我很能理解，但你知道这里那么多马夫，我很难要求他们人人都恪尽职守。但我会尽力的，也只能这样了。我会留心那匹母马。”

他们正往马房外面走时，约翰停下来说："我还得说一句，我们从没给这两匹马用过'支头缰绳'，那匹黑马以前就没戴过；而马贩子说，另一匹的脾气那么暴，就是因为戴过驯马衔铁。"

"哦，"约克说，"到了这里他们就必须戴支头缰绳了。我自己习惯把缰绳放松一些，老爷对马也很宽厚，但我们夫人——那就不一样了。她讲究的是架势，如果给她拉车的马不是被缰绳勒得头抬老高，她就连看都不看他们一眼。我一直都反对用驯马衔铁，以后立场也不会改变，但我们夫人坐车的时候，就非得勒得高高的才行！"

"听你这么说我太难过、太难过了，"约翰说，"但我现在必须走了，否则就赶不上火车了。"

他转回来再次挨个拍拍我们，和我们最后说几句话，声音里充满了悲伤。

我把脸凑到他面前，这就是我说再见的唯一方式。然后他就走了，从此我再也没有见过他。

第二天，W 伯爵过来看我们。看样子他对我们的外表很满意。

"听了我朋友戈登先生对他们性格的描述，"他说，"我对这两匹马很有信心。当然他们颜色不相配，但我的想法是我们在乡下时让他们拉车挺不错的。去伦敦之前我必须给‘男爵’配个对儿；那匹黑马，我相信骑起来一定很好。”

然后约克把约翰告诉他的话转述给了主人。

“那么，”他说，“你一定要多留意一下这匹母马，把支头缰绳放松一些。我敢说一开始顺着他们一点儿，以后他们会改过来的。我会跟夫人说说这事。”

下午我们就被套上挽具和马车，马房的钟敲响三点时，我们被拉到了房子前面。这栋房子十分气派，有伯特威克的老房子三四倍大。但如果你允许马发表自己的观点的话，我要说这里远没有伯特威克温馨。两个仆人侍立在旁边，都穿着灰色的制服、暗红色的马裤和白色的袜子。这时，我们听到窸窸窣窣丝绸摩擦的声音，原来是夫人从石头台阶上走了下来。她从台阶上转过来看看我们。夫人个子很高，脸上表情十分高傲。她好像在我们身上看到了什么不满意的地方，但什么也没说就上了马车。这是我第一次戴支头缰绳，我得说，以后再想时不时低一低头就不可能了，搞得我很心烦，但缰绳也没把我的头勒得比平时高。我很替辣姜金杰担心，但她看着却安安静静、心平气和的样子。

第二天下午三点，我们又到了门口，仆人也和之前一样等着。我们听到丝绸的窸窣声，夫人从楼梯上走下来，用专横傲慢的声音说：“约克，让这些马的头抬高一点儿，这样子简直见不得人。”

约克下了马车，毕恭毕敬地说："请您原谅，夫人，但这些马三年没有戴过支头缰绳了，老爷说为安全起见，最好一点儿一点儿提升高度。但既然夫人这么说，我可以让他们再抬高一点儿。"

"就这么办。"她说。

约克走到我们身边，亲手把缰绳缩短了大概有一扣，我猜想。细微的变化也能导致巨大的差别，结果有好有坏。那天我们要爬一座很陡的小山，那时我才体会到他们过来人的感受。我像以前那样想把头往前探，好发足力把马车往前拉。但是我做不到，我的头被勒得很高，有劲使不出来，重量都落到了背部和腿部。回到家以后，辣姜金杰说："现在你尝到滋味了吧，但这还不算坏，如果他们到此为止，我也就没什么好抱怨的了，毕竟我们在这里的待遇不错。但如果他们还把我勒得更紧，他们就得小心了！到忍不下去的时候，我就不会再忍！"

一天接一天过去了，缰绳一扣接一扣地缩短了，我不再像开始时欢天喜地地盼望戴上我熟悉的挽具，而是逐渐开始厌恶。辣姜金杰虽然没说什么，但也开始焦虑不安。最后，我以为折磨已经到头了，因为好几天缰绳都没有再缩短，我也暗下决心振作起来，尽职尽责，虽然工作已经从乐趣变成了永无止境的苦日子，但最糟糕的还在后头。

第二十三章　奋起反抗

一天，夫人比平时下来得晚，丝绸的窸窣声比以前更响。

“去 B 公爵夫人家，”她顿了顿说，“约克，你要等到什么时候才让这些马把头抬起来？立刻让他们抬头，别再说什么顺着他们的废话。”

约克先走到我身边，马夫站在辣姜金杰旁边。他先把我的头往后拉，然后把缰绳固定好，我被勒得几乎难以忍受。这时辣姜金杰不耐烦地把头上下甩动，想摆脱衔铁。约克向她走去时，辣姜金杰很清楚他的意图，所以当约克刚把缰绳从鞍环里抽出来，想要收紧的时候，辣姜金杰瞅准这个时机，忽然用后腿站了起来。约克的鼻子被重重地撞了一下，帽子也被掀掉了，连马夫都差点儿摔倒在地。两人立刻扑过去抓她的头，但她力气抵得过这两个人，不顾一切地前挺后仰，又踢又踹。最后，她先是重重地在我后腿上踢了一脚，又踢中车杆，然后就跌倒了。要不是约克迅速地整个人扑下去按住她的头，不知道她还会闯出什么大祸。约克大喊：“解开那匹黑马！快去拿绞车！卸掉车杆！快来人解挽绳，解不开就剪！”一个仆人跑去拿绞车，另一个从宅子里拿出来一把刀。马夫很快就把我跟辣姜金杰还有马车分开了，把我牵去隔栏里。我还戴着缰绳他就把我关进去了，然后转身就跑回约克那边。刚才的一幕对我震动很大。如果我有踢人和用后腿站立的习惯，我当时肯定也这么做了。可我从来没那么做过。我愤怒地站在马厩里，后腿肿痛，脑袋依然被马鞍上的鞍环扣得紧紧的，没法儿低头。我痛苦极了，要是谁第一个走近我，我真想就踢谁。

但过了一会儿，两个马夫就把辣姜金杰牵了进来，她身上一定挨过鞭打，满是伤痕。约克跟在她后面走进来，给马夫吩咐了几句，然后就来看我。他很利索地就让我的脑袋放松了下来。

“该死的缰绳！”他恨恨地自言自语道，“这下我们惹上麻烦了——主人肯定会发火。但是，做丈夫的连自己妻子都管不下来，我做仆人的还能怎么样？这事我可不管了，她去不成公爵夫人的游园会，我也没办法。”

约克没有当着其他人的面说这番话。有人在场时，他说话从不得罪人。现在，他把我全身摸了摸，很快就找到了我大腿上被踢到的地方，那里已经肿了起来，还很疼。他叫人用海绵和热水给我热敷，然后抹上药膏。

W 伯爵听了事情经过后很不高兴。他责怪约克向女主人让步，约克回答说以后他只听老爷一人吩咐。但我想这也没什么用，之后还是老样子。也许约克应该替他的马讲讲道理，但也许我没资格评判。

他们再也没让辣姜金杰拉车，但她的伤好了以后，W 伯爵的一个最小的儿子说他要养辣姜金杰，说她一定能成为一匹好猎马。至于我，我只能继续拉车，他们给我换了一个新搭档，叫麦克斯。他用短缰绳已经习惯了。我问他是怎么忍受下来的。

“唉，”他说，“我能忍是因为我必须忍，但这样会缩短我的寿命，如果你继续下去，也会缩短你的寿命。”

“你是否觉得，”我说，“我们的主人知道这对我们的伤害有多大？”

“我说不准，”他说，“但马贩子和马医都明白得很。以前养我的是一个马贩子，他训练我和另一匹马配对儿拉车。他也是把我们的头勒高，就像他说的，每天都高一点儿。那里有一位先生问他为什么这么做，‘因为，’他说，‘不抬着头的就卖不出去。伦敦人总喜欢让他们的马高高地昂着头，蹄子也抬得高高的。这对马的健康当然不好，但能卖个好价钱。那些马过不了多久就会被累垮，或者生病，然后他们就会再来买一对。’好了，我听到的就是这样，你自己判断吧。”

后来我戴着那种缰绳给夫人拉了整整四个月的车，很难描述那四个月里我吃了多少苦。但我很清楚一件事，那就是如果时间再长一些，我要么病倒，要么变暴躁。之前，我从不知道口吐白沫是怎么回事，现在，锋利的衔铁磨着我的舌头和下巴，脑袋和喉咙都被绑得紧紧的，我的嘴里就会多少冒出来一些唾沫。有人觉得这是个好现象，他们会说：“多强壮、多精神的马啊！”但马嘴里冒白沫和人嘴里冒白沫一样，都是不正常的，都说明身体不舒服，需要及时处理。另外，我的气管也受到了压迫，呼吸非常不通畅。每天干完活回来，我的脖颈和胸口都僵硬疼痛，嘴和舌头酸软无力，感觉又疲惫又沮丧。

在之前的家里，我知道约翰和主人是我的朋友。但在这里，虽然从很多方面来讲我的待遇不错，但我没有朋友。约克也许知道——其实有极大的可能他清清楚楚地知道——那缰绳让我饱受折磨，但我想他大概把这看作理所当然的事，是无法避免的，不管怎么说，他没有采取任何行动来减轻我的痛苦。

第二十四章　安妮小姐

初春时，W 伯爵带上几个家人去了伦敦，约克也陪他们去了。我和辣姜金杰和几匹马留在家里备用，看管我们的是马夫头儿。

留下来看家的哈丽特小姐体弱多病，从来不乘马车出门，安妮小姐则很喜欢和她的兄弟或堂兄弟一起骑马。她骑术娴熟，长得十分美丽，性格温柔，活泼开朗。她选我当她的坐骑，给我取名“黑旋风”。每次出去我都觉得很开心，可以呼吸清新凉爽的空气，有时和辣姜金杰一起，有时是和丽兹。丽兹是一匹亮红棕色的母马，几乎是纯种的，特别讨男士们喜欢，因为她动作敏捷，精力充沛。但辣姜金杰更了解她，对我说其实她特别容易紧张。

那时有一位叫布兰太尔的先生暂住在家里，他一直骑的都是丽兹，并对她赞不绝口，引得安妮一天叫人给丽兹放上女士马鞍，给我另放一个马鞍。当我们走到门口时，这位先生看起来十分犹豫。“怎么了？”他问，“你骑你的黑旋风已经骑腻了吗？”

“哦！不，当然不是，”她回答，“我只是好心借你骑一次，让我来试试你那匹了不起的丽兹。你得承认，从体型和外表来看，她比我最爱的黑旋风更像是女士的坐骑。”

“请允许我向你提出建议，你还是别骑她的好，”他说，“她是一匹可爱的马，但她容易紧张，女士驾驭不了。我可以肯定地说，她不是百分之百安全，我恳求你还是把马鞍换回来吧。”

“我亲爱的表哥，”安妮小姐笑着说，“求你那颗聪明谨慎的脑袋别再为我费神了。我很小就会骑马了，还跟着猎狗跑了很多次，虽然我知道你不赞成女士打猎。但事实就是事实，我打定主意要试试这匹在你们男士中有口皆碑的丽兹，所以，我的好朋友，请你扶我上马吧。”

他没什么好说的了，就小心地扶她上马鞍，检查了衔铁和勒链，轻轻地把缰绳放到她手里，然后自己骑上了我。我们正要动身，一个仆人拿着哈丽特小姐的一张条子出来了：“能否到阿希礼医生那里替她问问这几个问题，再把答复带回来？”

村子在大约一英里以外，医生家在村子尽头。我们一路高高兴兴地就走到了大门前，从那里到绿树掩映的屋门口还隔着一条短短的车道。布兰太尔先生在大门口下了马，正要去给安妮小姐开门，她却说："我就在这里等你吧，你把黑旋风的缰绳挂在门上。"

他满眼疑虑地看着她。"最多五分钟我就回来。"他说。

"哈，别太赶了，我们和丽兹又不会丢下你跑掉。"

他把我的缰绳挂在铁门栏杆的尖头上，一会儿就消失在绿树中。丽兹安静地背对着我站在路边，和我距离只有几步路。年轻的女主人把缰绳放松，安逸自在地坐在马背上，嘴里哼着小曲儿。我听见布兰太尔先生的脚步声走到屋前，然后响起了敲门声。马路对面是一片牧场，牧场的门开着。就在这时，几匹拉车的马和小马驹一窝蜂地跑了出来，后面一个男孩啪啪地舞着一根大鞭子。野性十足的小马驹们边跑边嬉闹，其中一匹忽然穿过马路，一下子撞到丽兹的后腿。不知是因为这匹笨头笨脑的小马驹，还是那根啪啪作响的鞭子，还是两者兼有——我也不知道，把丽兹吓得狠踢了一脚，然后猛地向前冲去。事情发生得太突然，安妮小姐差点儿被甩下来，但她很快又坐稳了。我发出尖锐的嘶鸣声寻求帮助，一声又一声，着急地用蹄子刨地，还把头甩来甩去，想把缰绳弄松。我没等多久就见布兰太尔先生往大门冲了过来，他着急地四处张望，立刻就看见路上风驰而去的马儿，跑出去已经有一段距离。他一眨眼就跨上马鞍，用不着鞭子或者马刺我就知道要飞速前进，因为我和我背上的骑手一样急切。布兰太尔先生看出来了，于是放开缰绳，身体稍微前倾，我们箭一般地冲了出去。

在直路上追了一英里半以后，道路往右拐，之后便分成两条路。但她们早在我们到达分岔口前就已不见踪影。她们走了哪条路呢？一位女士站在她家花园门口，手搭凉棚急切地看着来路。布兰太尔先生连缰绳都没拉，直接对她喊道："走哪边？""往右！"那位女士一边用手指着，一边大声地回答。于是我们便冲上了右手边的那条路。安妮小姐的身影出现了，道路一拐，她又不见了。好几次她都是在我们眼前一闪而过，感觉根本不可能追得上。一位上了年纪的修路工站在一堆石子儿面前，双手高举着，铲子掉在地上。我们靠近时，他做出要说话的样子。布兰太尔先生轻拉缰绳。"上公地去了，上公地去了，先生，她在这里转的弯。"我很熟悉那片公地，大部分都坑坑洼洼，长着一蓬蓬石楠和深绿色的金雀花；四下里荆棘丛生，只有一块空地长着短短的青草，还随处可见蚁丘和鼹鼠打的洞。在这种地方横冲乱撞，我看是最危险的了。

我们刚转向公地，就再次看到安妮小姐绿色的身影在前方疾驰。小姐的帽子没了，褐色长发在身后飞舞。她的脑袋和身体都往后倾，仿佛在用身上仅剩的力量把缰绳往后拉，而这点儿力量也快耗尽了。但粗糙的路面明显减慢了丽兹奔跑的速度，也许我们能赶上她们。

在马路上时，布兰太尔先生对我不加束缚，但现在，他用老道的眼睛侦察路面，轻拉缰绳，熟练地指引我前行，同时还能让我保持速度，于是我们很快就追了上去。

石楠丛走了快一半的时候，前面出现一条新挖的宽渠，挖出来的土就胡乱地堆在渠对岸。这一定能拦住她们！但并没有，丽兹毫不犹豫地飞身跃了过去，落地后被散乱的泥土块绊了一下，跌倒了。布兰太尔先生难过地呻吟了一声。“现在，黑旋风，拼了！”他稳稳地抓住缰绳，我用尽全身力气，果断起跳，一下子跃过了宽渠和堤岸。

可怜的小姐一动不动地脸朝下躺在石楠丛中。布兰太尔先生跪下唤她的名字，她没有回答。他轻轻地抬起她的脸，只见她脸色惨白，两眼紧闭。“安妮，亲爱的安妮，说话啊！”但她还是没反应。他解开她骑马服的扣子，松开衣领，摸了摸她的双手和手腕，然后猛地站起来，着急地四处张望求助。

在不远的地方有两个剪草坪的人，他们看到这匹没人骑的马在狂奔，于是放下手里的活儿，跑去捉她。

听见布兰太尔先生的求救声后，他们赶了过来。前面那个男人看见这幅情景显得很担心，问布兰太尔先生该怎么办。

“你会骑马吗？”

“先生，我马骑得不咋样，但为了安妮小姐，我就是摔断脖子也不怕。在冬天里，她对我妻子可好着哩。”

“那么我的朋友，你骑上这匹马——你的脖子不会有事的——到医生家，请他立刻过来，然后再去宅子里，把你看见的都告诉他们，请他们给我派一辆马车过来，还有安妮小姐的女仆和帮手。我就等在这儿。”

“好的，先生，我会尽力的。上帝保佑，但愿亲爱的小姐快睁开眼睛。”看到另一个人过来时，他喊道：“喂，乔，快去拿点儿水，然后跟我妻子说快到安妮小姐这里来。”

然后他不太利索地爬上马鞍，喊了一声“驾！”还用两腿一夹，我们就上路了。他让我绕了个圈，避开那条沟渠。由于手上没有鞭子，他一开始有些担心，但后来我的步伐解决了这个问题，他发现最好的做法就是抓着缰绳，在马鞍上坐稳。这一点他很勇敢地做到了。路上我尽量不颠着他，虽然地面不平的时候他喊了一两次“稳住！噢！稳住！”但走大路时一直都很平稳。这个老老实实的好人把消息传达给了医生和宅子里的人，他们请他喝点儿东西再走，他说：“不用了！不用了，我要从田里抄个近道儿回他们那儿去，得比马车先到。”

消息传开后，家里一阵慌乱。他们把我牵回隔栏，马鞍和笼头一取，马衣往我身上一扔就完事了。

辣姜金杰被放上马鞍赶着去接乔治少爷，很快，我就听到马车辘辘地出了院子。

感觉过了很长时间，辣姜金杰才回来，又过了半天，我们才能单独聊会儿。她把她看见的情况全告诉了我。

“我知道的也不多，”她说，“我们几乎是一路飞奔着去的，医生也差不多和我们同时骑马赶到了。我看见一个女人坐在地上，小姐的头枕在她腿上。医生往她嘴里灌了些东西，我只听他们说‘她没死’。然后我就被人牵到一边。过了一会儿，她被抬上马车，我们就一起回家了。我听到主人对一个上来问候的人说，他觉得骨头没断，但她还没开口讲话。”

乔治少爷骑着辣姜金杰出去打猎，约克看到便摇了摇头，说马儿参加第一个狩猎季的时候应该由熟练的骑手来训练，这可不是乔治少爷能做得到的。

辣姜金杰很喜欢去打猎，但我经常看她回来以后十分疲惫，还时不时短促地咳几声。她一向精力充沛，所以从不抱怨，但我还是禁不住为她担心。

事故过去两天后，布兰太尔先生过来看我。他拍拍我，大大地夸奖了我一番，还告诉乔治少爷，当时我一定和他一样知道安妮小姐处在危险之中。“即使我想拉都根本拉不住他，”他说，“不要再让安妮骑别的马了。”我从他们的对话中得知，我年轻的女主人已经脱离危险，很快就能再次骑马了。这对我来说是个好消息，我盼望着幸福生活早日到来。

第二十五章　鲁本·史密斯

我有必要讲一讲鲁本·史密斯的故事。约克去伦敦的时候，马房就由他掌管。没人能像他那样对这一行熟门熟路，他清醒的时候，那就是个最忠诚、最难得的人才。他照管马儿的时候温和又得法，给马看起病来就和医生一样管用，因为他给一位兽医干过两年的活。他还是个技术一流的骑手，能一人驾驭四马马车，二马纵列拉的马车也不在话下。他长相好，有学问，待人有礼数。我相信人人都喜欢他，尤其是马儿们。但最奇怪的就是他职位一直很低，没能像约克一样当上马夫头儿。因为他有一个严重的缺点：爱喝酒。他不像有些人，拿起酒瓶就放不下；他是几个星期，甚至几个月滴酒不沾，然后忽然酒瘾发作，用约克的话来说就是来个“一醉方休”。结果给自己丢了脸，还让妻子担惊受怕，牵连身边的人都跟着他倒霉。但话又说回来，他还是个很能干的人，所以有两三次事情都给约克压下去了，没让伯爵知道。但有一晚，鲁本赶车送参加舞会的人回家，结果他醉得太厉害，连缰绳都拿不住，一位参加舞会的先生只好坐上驾驶座亲自送女士们回家。这种事当然藏不住了，鲁本立刻就被解雇，他可怜的妻儿只得搬出庄园大门旁漂亮的小屋，到别处安身。这些是老麦克斯告诉我的，因为这已经是很久以前的事了。但辣姜金杰和我们到这里以后，史密斯又被请了回来。约克替他在伯爵面前说了情，伯爵很宽厚，再加上史密斯口口声声地发誓，只要身在庄园，必是滴酒不沾。后来他果然谨守誓言，让约克觉得自己离开时可以安安心心地把工作托付给他，再说他有能力，又忠诚，比任何人都适合这个职位。

当时正是四月初，等到五月左右主人家就要回来了。那辆轻便的四轮马车该翻新一下，碰巧布兰太尔上校要回部队，便安排史密斯赶车送他进城，然后自己骑马回来。于是出发时他带上了马鞍，选了我来拉车。到了车站，上校往史密斯手里放了一些钱，跟他道别，还嘱咐道："照顾好年轻的女主人，鲁本。还有，别让那些自以为是的年轻人骑黑旋风——只有小姐才能骑他。"

我们把马车留在工匠那里，史密斯便骑着我去了白狮酒馆，叫马夫好好喂我一顿，做好准备等他四点钟出发。我前掌上的一根钉子在来的路上就松了，但马夫直到快四点的时候才发现。史密斯一直到五点钟才到院子里来，说他遇上几个老朋友，要到六点才走。马夫跟他说了钉子的事，问他要不要找人修一修。

“用不着，”史密斯说，“走到家都没事。”

他说这话时声音很大，口气很不耐烦，我觉得和他平时完全不一样，因为他总是很注意马掌上的钉子是否松动。到了六点，他没有出现，七点没出现，八点也没出现，快九点钟了他才大叫大嚷地喊人把我牵过去。看他火气大得很，把马夫也骂了，但我不知道到底为了什么。

酒馆老板站在门边说：“路上小心点儿，史密斯先生！”但他却骂骂咧咧地回敬过去。还没走出小镇他就驾着我开始快跑，不断地用鞭子抽我，尽管我已经跑得不能再快了。那时月亮都还没升起来，四周很暗。路面最近修过，留下了很多石头，用这种速度踏在上面，马掌就更松了。结果在快到收税关卡的时候，马掌掉了。

要是史密斯头脑清醒，他就能发现我步伐上的异样，但他已经醉得稀里糊涂，什么都没发现。

走出税卡，前面是一条很长的路，路面是新铺的石子，而且是很大很尖锐的石子，任何一匹马在这种地面上飞快地跑过都会有危险。我没了一只马掌，还被迫用最快的速度飞奔，背上的人又不停地用鞭子一边抽我，一边粗野地骂我跑得不够快。我那只没马掌的蹄子疼得钻心，蹄壳裂开了，里面的肉被石头尖儿划开了深深的伤口。

我坚持不下去了，没有哪匹马能在这种情况下保持平衡，那疼痛难以忍受。我一个踉跄，轰然跪倒在地。史密斯被我甩了出去，从我当时的速度来看，他这一摔绝对很严重。我很快又站起来，一瘸一拐地走到路边没有石头的地方。月亮刚刚升到树篱上方，借着月光，我看到史密斯

躺在距离我几码的地方。他动了动，但没能站得起来，只是发出了一声沉重的呻吟。我也想叫苦，我的蹄子和膝盖都疼得要命，但我们马儿总是默默地承受痛苦。我没发出一点儿声音，只是站在那里竖耳倾听。史密斯又发出一声重重的呻吟。现在我能在月光下清楚地看到他，但在他身上我没看到一点儿动静。我帮不了他，也帮不了自己，啊，我真希望能听到马蹄声、车轮声或者人的脚步声啊。这条路走的人不多，到了晚上这个时候，我看得过好几个小时才能喊来人。我就这么站着，听着。这个四月的夜晚宁静又清爽，除了夜莺的几声低吟外听不到一点儿声音，除了月亮旁飘动的几朵白云和一只飞跃树篱的褐色猫头鹰外，四周没有一点儿动静。这让我想起了很久以前的夏日夜晚，在农夫格雷绿油油的草场上，我躺在妈妈的身边。

第二十六章　悲惨的结局

当我听到远处传来马蹄声的时候，一定已经到了半夜。那声音时而远去，时而清晰，然后越来越近。通往伯爵府的这条路连通着几片伯爵家的树林，声音就是从那个方向传来的，我希望这就是来找我们的人。马蹄声越来越近，我基本上能肯定那就是辣姜金杰的脚步声。又近了一些，我听出她拉的是一辆双轮马车。当我听到人的声音，我大声地咴咴叫，辣姜金杰也咴咴地回应时，我高兴极了。他们慢慢地走在石头路上，走到那个躺在地上的黑影面前，停下了。

一个人跳下车来，弯腰看看。“是鲁本！”他说，“他不会动了。”

另一个人跟着过来，也弯下腰看。“他死了，”他说，

“你摸摸看他的手有多冷。”

他们把他扶起来，但已经看不到一丝生命的迹象。他的头发都被血浸透了。他们又把他放回地上，然后过来看我。他们很快就发现我的膝盖都破了。

“哦，原来是马儿摔倒，然后把他甩出去了！谁会想到这匹黑马也有失蹄的时候？没人想到他会摔倒。鲁本一定在这儿躺了几个小时了！真奇怪，这马居然一直没走开。”

罗伯特想牵着我往前走，我走了一步就差点儿又跌倒了。

“啊呀！他不光膝盖受伤了，腿也受伤了。你看这里——蹄壳都碎成一块一块的了，他就差没趴下了，可怜的家伙！我跟你说，内德，我看鲁本有点儿不对头！你想想，骑着掉了马掌的马在这种路上跑！如果他是清醒的话，这么做简直相当于让他骑马飞到月亮上去——是完全不可能发生的。我看是他老毛病又犯了。可怜的苏珊！她到我家来问鲁本有没有回来，脸色那个煞白啊。她还假装一点儿也不担心，说他可能被这样那样的事给耽搁了，但她还是求我出去找找他。现在怎么办？要把马和尸体都弄回去，可不是件容易的事。”

然后他们商量了一会儿，最后决定，因为罗伯特是马夫，所以由他牵我回去，尸体就只能让内德来运了。把尸体弄进马车很费劲，因为没人来稳住辣姜金杰。但她和我一样清楚发生了什么，于是自己稳稳地站在原地。我之所以注意到这一点，是因为要说辣姜金杰有什么缺点的话，那就是最不耐烦原地待命。

内德赶着这辆承载着悲伤的车慢慢地走了，罗伯特过来再一次检查了我的脚，然后掏出手帕，紧紧地给我包扎好，牵着我回家。我永远都不会忘记那晚的路。我们走了三英里，罗伯特牵着我慢慢地走，我忍受着巨大的疼痛一瘸一拐地往前挪。我知道罗伯特一定很心疼我，他经常拍拍我，鼓励我，温和耐心地跟我说话。

终于，我走回了我的隔栏，吃了些马料。罗伯特用湿布把我的膝盖缠起来，还给我的腿敷上用麸皮调成的敷料，这样在第二天早上马医到来之前不仅能把热气吸出来，还能起到清洁作用。我勉强躺倒在稻草上，在疼痛中睡着了。

第二天，马医看过我的伤口后说，关节可能没受损，如果这样的话，我以后还能干活，但伤疤会留一辈子。我相信他们尽力想要把我医好，但这是一个漫长、痛苦的过程。我的膝盖长了他们说的赘肉，要用腐蚀剂烧掉。等伤口终于愈合时，他们又在我的膝盖上浇了一种刺痛的液体，把毛都烫掉了。他们这么做一定是有道理的，我觉得没什么。

由于史密斯死得太突然，现场又没人，于是就举行了一次审问。白狮酒馆的老板、马夫和另外几个人证明了史密斯在离开酒馆时已经喝醉。关卡的守门人说他在过关时骑得飞快，而且他们在石头堆里找到了我的马掌，于是案情就很明白了，错不在我。

大家都很同情苏珊，她快疯了。她一遍又一遍不停地说："哦！他是个多好的人——多好的人！都怪那天杀的酒，为什么他们要卖那天杀的酒？哦，鲁本，鲁本！"一直到鲁本下葬后她都是这个样子。之后，她一个人带着六个小孩，没了家，也没亲戚，只能又一次被迫离开大橡树旁那个美丽的家，进了暗无天日的济贫院。

第二十七章　每况愈下

当我的膝盖恢复得差不多的时候，我被送去一块不大的牧场上休养一两个月。牧场上没有其他的动物，虽然我很享受那里的自由和甜美的青草，但我长久以来习惯了在群体中的生活，现在感觉很孤单。辣姜金杰和我已经成了最好的朋友，我特别怀念和她在一起的日子。听见路上传来马蹄声，我经常高声嘶鸣，却很少听到回应。一天早晨，大门打开了，进来的不是别人，正是亲爱的辣姜金杰。骑她来的人把笼头一摘，就把她留在那儿了。我欢快地咴咴叫着朝她跑去，能再次相逢我们都十分高兴。但后来我才知道，他们不是为了让我们相聚才把她带来的。她的故事一言难尽，但最后的结果是，她的身体因为剧烈的奔跑而被毁掉了，只能送来这里看看她还能干点儿什么。

乔治少爷太年轻，不听劝。他骑马只讲速度，一得空就要打猎，不管马儿受不受得了。我离开马房后不久，人们举办了一场越野赛马，他非参加不可。马夫告诉他，辣姜金杰有些疲惫，不适合参加这场比赛，但他偏不信，在赛场上还催着辣姜金杰去追赶最前面的骑手。她也血性上来了，使出浑身力气，终于跑进前三名。但她的气管受了损害，而且乔治少爷对于她来说太重了，她的脊背也拉伤了。“就这样，”她说，“我们都来了这里，在年轻力壮的时候就被毁了——你是被一个酒鬼，我是被一个蠢材。太难让人接受了。”我们都感叹自己大不如从前，但这点小伤感并没有破坏我们重逢的喜悦。我们没像以前那样自由驰骋，只是一起吃草，一起躺下休息，在荫凉的树下头挨着头地一站就是几个小时。时间就这样一天天过去，然后，主人家从伦敦回来了。

一天我们看见伯爵走上了草场，旁边和他一起的是约克。我们认出来人后，就静静地站在树下等他们过来。他们仔细地检查了我们，伯爵露出一副不满意的神情。

“三百英镑就这么白白打了水漂，”他说，“而且他们是我一个老朋友的，本以为跟了我就找到了好归宿，这下都毁了，叫我心上怎么过得去。让那匹母马休整上一年，到时候再看怎么安排；这匹黑马呢，只能卖掉了，真可惜，我家的马厩里可不能有这种膝盖。”

“不能，先生，当然不能，”约克说，“但他可以去个不看外表的地方，待遇也能很好。我在巴斯认识一个人，他开了几个马车出租行，经常要买外形不怎么样的好马，我还知道他从不亏待他的马。那次审问证明了这匹马的品行是没问题的，再加上您的推荐信，或者我来写一封，就可以给他担保了。”

“那你最好给他写封信吧，约克。卖多少钱不要紧，要紧的是他那地方怎么样。”

说完他们就走了。

“过不了多久他们就要把你带走了，”辣姜金杰说，“而我将失去我唯一的朋友，多半以后再也无法相见。多残酷的世界啊！”

之后过了大约一个星期，罗伯特拿着马笼头来到草地上，给我戴上就把我牵走了。我们没有道别，只是在离开时互相嘶鸣了一声。后来她一直追过来，最后只能沿着树篱边焦急地跑来跑去，一声声呼唤着我，直到她再也听不到我的脚步声。

因为约克的推荐信，我被卖给了马车出租行的老板。我得坐火车过去，之前我从没坐过，这头一次还是需要很大勇气的。后来我发现火车又会喷气，又跑得飞快，还会鸣笛，马车厢还不停地震动，但这些统统伤不到我，所以我很快就适应了。

旅途走到了尽头，我住进了一个条件还算过得去的马厩，对我的照料也不差。这马厩不像我过去住的那样透气又安逸，而且隔栏下的地面不是水平的，而是一个斜坡。我的脑袋被拴在马槽上，所以只能一直站在斜坡上，很容易就累了。也许人们不知道，如果马能站得舒服些，还能转转身的话，就有力气干更多的活儿。不过我吃得不错，洗刷得也干净，所以总的来说，我想我们的主人是尽了力来照顾我们的。他养了很多马，还有各种各样的马车出租。有时由他手下的人来赶车，其他情况下则是来租车的男士或女士自己赶车。

第二十八章　包租马和赶车人

在此之前，驾驭我的人多少是知道如何驾车的，但在这个地方，各种愚笨、无知的驾车人让我开了眼界，而这些错误的对待我们马儿只能忍受。我是一匹“包租马”，谁想租就租给谁；我性情好，又温顺，我想正是由于我的踏实可靠，所以比其他马儿更经常被租给那些无知的驾车人。要把我经历过的各色人等都描述一遍，那得花上很长时间，所以我就说说其中几个吧。

首先是那种紧扯缰绳不放的驾车人——他们大概以为驾车就靠紧拉缰绳，不让马嘴有一点点儿的放松，也不给马哪怕半点儿活动的自由。他们老是把“把马拉住了”和“让马头抬起来”挂在嘴边，就好像马儿自己站不稳似的。

有些马由于年老或经年受虐，马嘴已经被这样的骑手摧残得又硬又不敏感了，也许，只是有可能，他们能适用这种方式；但对于四肢强壮、嘴巴柔嫩、容易驾驭的马来说，这种方法不仅是一种折磨，而且相当愚蠢。

然后就是那种撒开缰绳不管的骑手，他们让缰绳松松地垂在我们背上，自己的手则偷懒缩在膝头。问题是，遇上突发情况，这类先生对马是没有一点儿控制能力的。如果马儿受惊后退，或猛然跳起，或绊了脚，先生更是帮不了马儿也救不了自己，悲剧往往就会发生。当然了，就我而言，我对松缰绳是没有意见的，因为我不会乱跳，也不会出错脚，只靠赶车人的指示和鼓励就能拉好车。但是，在下坡的时候，马儿还是希望能感觉到缰绳，也想知道驾车人是不是睡着了。

另外，赶起马来没个规矩，也会让马变得没规矩，养出来各种懒病。等换个人来驾车，马就得吃鞭子，受点儿苦才能改正过来。乡绅戈登总是注意让我们保持最整齐的步伐、最美的姿态。他说把马惯出来坏习惯就和溺爱小孩一样残酷，以后会让他们都吃尽苦头。

还有一种人驾车的时候根本不留心，别看他方方面面都能照顾周到，可就是不管他们的马。一次，这样一个赶车人让我拉着四轮马车出去，后面还坐了一位女士和两个孩子。刚起步他就把缰绳上下乱甩；后来我正稳稳地跑着，他又莫名其妙地用鞭子抽了我几下。路上好几处在修路，有些地方已经铺好了有段时间,但路面上还是有些散乱的碎石。我的驾车人和那位女士及小孩有说有笑，聊着道路两边的风景。他从没想过有必要留神一下他的马，或者挑路面平整的地方走。果不其然，一块石头扎进了我的前蹄。

如果换作戈登先生，或者约翰，或者任何好骑手，我没走出去三步他们就能看出有问题。或者即使是在黑暗中，有经验的骑手也能从缰绳上感觉到马的步子不对，然后就会跳下车来，把石头挑出去。但这个人只顾说说笑笑，而我每迈一步，石头就往我的马掌和蹄叉间卡得更紧。那块石头朝里那面很尖，朝外那头却是圆的，大家都知道，马踩到这种石头最危险了，不仅会划伤马蹄，马还很有可能因此而绊倒。

不管这人是瞎了一只眼也好，是真的粗心大意也罢，我也不知道，但我蹄里扎了石头，他还赶着我走了足足半英里才看出来。那时候我已经疼得一瘸一拐，他终于看出来了，还喊道："啊，真没想到！他们租给我们一匹瘸马！太可恶了！"

他把缰绳一抖，又甩了甩鞭子，说："走！行了，别装模作样，地儿还没到呢，装瘸偷懒都没用。"

正在这时，一个农民骑着一匹褐色矮脚马跑了上来，他举起帽子行了个礼，让马停下。

“请原谅，先生，”他说，“我看你的马可能有问题，他走路的样子好像马掌里硌着石头。如果你允许的话，让我看看他的蹄子吧。路上这些散落的石头对马的危害最大了。”

“这是一匹租来的马，”我的驾车人说，“我不知道他是怎么回事，但这种马还拿来出租，真是太不像话了。”

那个农夫下了马，把缰绳往手臂上一挂，立刻抬起了我的左前蹄。

“上帝啊，有颗石子！当然瘸了！我就知道！”

他先试着用手抠，但石头卡得太紧了，他就从口袋里掏出一根剔石头的尖头棍，费了半天劲儿，小心翼翼地把石头取出来了。他把石头拿起来，说：“瞧，就是这块石头，卡在这匹马的蹄子里。他居然没有摔倒，接着把膝盖摔碎，真是奇迹！”

“哦，是啊，”我的驾车人说，“这是怪事！我从来不知道马蹄里还会卡石头。”

“你不知道？”这位农民有些鄙视地说，“但事实就是这样，连最好的马的蹄子也会卡进去石头，在这种路上更是难免。如果你不想让你的马瘸腿，就必须眼睛尖一点儿，及时把石头挑出来。这个蹄子伤得很重了，”他一边说一边慢慢地把我的蹄子放下去，轻轻地拍拍我，“要是我能提个建议的话，先生，你最好把车赶得慢点儿，这蹄子伤得很重，瘸着的腿一会儿也好不了。”

说完，他骑上马，举起帽子向女士行了个礼，然后快步走开了。

他走后，我的驾车人又把缰绳乱甩，用鞭子敲挽具。我知道这意思就是我还有路要赶，我当然会继续走下去，幸好硌脚的石头没了，但还是很疼。

这就是我们包租马常见的遭遇。

第二十九章　伦敦佬

还有一种是开火车的赶车法，这类车手大多是城里人，从未有过自己的马，出门大多乘火车。

他们多半以为马就和火车一样，只是样子小点儿。反正他们认为只要给了钱，他们想让马跑多远就能跑多远，想让马跑多快就能跑多快，让拉多重的东西就能拉多重的东西。管他道路泥泞湿滑还是干爽通畅，管他地面遍布碎石还是干净平整，管他上坡还是下坡，对他们都一样——向前，向前，向前，马必须保持同样的速度，得不到休息，也得不到安慰。

这些人从没想过在爬陡坡的时候下车自己走上去。哦，这可不行，他们花钱坐车，就得坐在车上！那么马呢？噢，他习惯了！马是用来干什么的，不正是用来拉车爬坡的吗？

我自己走！真会开玩笑！于是鞭子一鞭一鞭地抽下来，缰绳扯了又扯，还要恶狠狠地大骂："走啊，你这个懒鬼！"之后又是啪的一鞭子，但我们从头到尾都是拼了命的，即使疲惫不堪，伤透了心，也只能忍气吞声，默默地服从。

和其他方式相比，这种开火车的驾车方式让我们的精力消耗得最快。我宁愿和熟练体贴的赶车人跑二十英里——这样还省力点儿，也不愿和这样的家伙跑十英里。

还有一个问题，他们很少用刹车，不管下坡的路有多陡，结果惨剧往往就发生了；或者他们卡上刹车铁，到了坡底却忘记把刹车松开。我不止一次拉着没松开刹车的车上坡，一只轮子被刹车铁紧紧地卡住，爬坡爬到一半，驾车的才决定动脑子想想怎么回事，这会给马造成严重的损伤。

还有，这些伦敦佬不像其他绅士那样，先慢步起跑，而是还没出马房院子就奔跑起来；他们想停下的时候，却先抽我们一鞭子，然后忽然拉缰绳，把我们勒得几乎摔个大马趴，嘴也被衔铁刺破。他们管这叫作"急停法"！要转弯的时候，他们总是急转，就好像要撞墙了似的。

我清楚地记得一个春天的夜晚，我和罗里出去拉了一天车。（罗里和我配对儿拉车，客人要租双马车的话就是我俩一起。他是个善良诚实的好伙伴。）赶车的是我们自己的人，他对我们细心又温和，那天我们工作得很轻松。

黄昏时刻，我们迈着轻快的步子往回走，前面的路有个向左的急转弯，但由于我们靠左边的树篱已经很近了，右边有足够的空间让来车通过，我们的车夫就没有放慢速度。走到转弯口，我听见一匹马拉着车从坡上朝着我们就冲了下来。树篱很高，我什么也没看见，只知道我们撞在了一起。我运气真好，站在靠树篱的一侧，但罗里站在车杆的右侧，没有一根车辕能保护到他。那个赶车的直接往转弯口冲，当他看见我们的时候已经来不及回到自己的车道了。整辆车撞在罗里身上，车轴插进了他的胸膛，他一边踉跄后退，一边发出了我这辈子都忘不了的惨叫声。那匹马摔得坐倒在地上，马车也折断了一根车辕。后来我才知道那是我们马行里的马，拉的是年轻人最喜欢的高轮轻便马车。

那个赶车人就是一个愚笨、无知的人，连前行道是哪边都不懂，要么就是他懂，但就是不在意。可怜的罗里皮开肉绽，鲜血直流。他们说伤口再偏一点点儿，他就死定了。但可怜的家伙，如果真是那样，倒免得受罪了。

就这样，过了很长时间，他的伤口才痊愈，然后他就被卖去拉煤。拉煤就是上上下下地爬陡坡，这是什么滋味，只有马才知道。我见过那种地方，马拉着装得满满的两轮车下坡，根本没有什么刹车，那种景象我现在想想都觉得心酸。

罗里受伤后，我经常和一匹叫佩吉的母马一起拉车，她就住在我旁边的隔栏里。她是一匹健壮匀称的亮灰褐色母马，长着漂亮的斑点，鬃毛和尾巴是深褐色的。她没有高贵的血统，但一样很美，脾气出奇地温顺，干起活来心甘情愿。但她眼里有种焦虑的神情，看得出来她心里有事。我们第一次一起出去拉车的时候，我发现她的步伐很奇怪，就好像一半是快步，一半是小跑——走上三四步还要往前跳一小步。

任何一匹马和她拉车都会感觉别扭，我被搞得十分烦躁。回到家后，我问她为什么要用那种古怪的步子拉车。

“唉，”她懊恼地回答，“我知道我的步子不好，但我能怎么办呢？这真的不是我的错，因为我的腿太短了。我站着和你差不多高，但你的腿从膝盖以上比我高了足足三英寸，所以你跨出去一步要远得多，走得也更快。你看，长成什么样我做不得主，我倒希望我有得选，那样我就能长四条长腿了。我所有的烦恼都因我的短腿而来。”

“你身体那么好，又听话又肯干，”我说，“怎么还会这样？”

“唉，你看，”她说，“人们总想快点儿走，如果我跟不上其他的马，那就只能不停地挨鞭子。我只能想办法跟上，于是就变成了这样难看、不利索的步子。我以前不是这样的，当我跟着第一个主人的时候，总是迈着优雅的小碎步，那时他从来不着急赶路。他是乡下的牧师，也是个善良的好主人。他的两座教堂相隔很远，工作也很繁重，但他从来不因为我走得慢而骂我，或者用鞭子抽我。他非常喜欢我。我多么希望现在还和他在一起。但后来他必须离开，去一个更大的镇上，我就被卖给了一个农民。

“你知道的，有些农民是最好的主人，但我想这个人不够格。他不关心马的好坏，也不会好好驾车，只想着速度快。我已经用尽全身力气来跑，但这还不够，他还是不停地抽我，所以我就养成了这种向前跳的步子。在赶集日的晚上，他经常在酒馆里待到很晚，然后驾着我飞奔回家。

“一次深夜，他又和平时一样赶着我飞跑，忽然车轮撞到了路上一个又重又硬的东西，马车立刻就被掀翻了。他被甩了出去，手臂也折断了，我想还断了几根肋骨。总之，我和这个主人的日子就到头了，而且我一点儿也不难过。但你看，不管到了哪里，对我来说都一样——人们只想快快地走。真希望我的腿能再长一些！”

可怜的佩吉！我真为她感到难过，却无法安慰她，因为我知道脚步慢的马和快步马在一起拉车有多艰难，所有的鞭子都落在他们身上，而他们自己也没办法。

她经常去拉四轮马车，很多女士都很喜欢她，因为她脾气好。之后过了没多久，她就被两位自己赶车的女士买走了，她们想要的正是靠得住的好马。

我在乡下见到过她几次，她脚步踏实，看起来就是最开心、最心满意足的马儿的样子。看到她我很高兴，她应该得到一个好归宿。

她走了以后，另一匹马来接替了她的位置。他还很年轻，却有受惊就后退不走和乱跳的坏名声，所以才从好人家流落到这里来。我问他为什么容易害怕。

“这个嘛，我也不知道，”他说，“我从小就胆子小，还受了好几次不小的惊吓。当我看见奇怪的东西的时候，我会转头过去仔细看看——你知道的，戴着眼罩我就看不明白，也看不懂那是什么东西，必须环视一周才行。这时我的主人二话不说就是一鞭子，当然会把我吓得跳起来，我的胆子就更小了。我想如果他能让我静静地观察一会儿，知道那不是什么会伤害我的东西，我就没事了，几次下来也就会习惯了。一天，一位老绅士和他一起驾车，路上有张白纸或者破布被风吹到我的腰侧，我被吓得一怔，然后往前跳了一大步，我的主人照旧结实地给了我一鞭子。老人立刻喊道：‘你错了！你错了！千万不要打受惊的马。他不敢走是因为害怕，而你却让他更害怕了，结果毛病会更严重。’所以我想不是所有人都和我主人一样。我能肯定我不是故意为了害怕而害怕，但如果从不给我机会熟悉一些事情，我怎么知道什么是危险的，什么是安全的？我从来不怕我已经熟悉的东西。比如我是在一个养了鹿的庄园长大的，我自然就像了解绵羊和奶牛一样了解他们。但鹿其实不常见，我知道很多聪明的马都很怕鹿，路过有鹿的围场的时候，他们就会又踢又咬，折腾半天。”

我知道我的同伴说的是真话，真希望每一匹年轻的马都能有农夫格雷和乡绅戈登那样的好主人。

当然了，在这里我们有时也会遇到驾车的好手。我记得一天早上我被套上一辆轻便马车，去了普尔特尼街上的一户人家。两位绅士走了出来，个儿高的那位走到我面前，看了看衔铁和笼头，又用手拉了一下马轭，看看松紧是否合适。

“你认为这匹马需要戴勒链吗？”他问马夫。

“这个嘛，”马夫说，“我得说没有勒链他也很容易驾驭。他的嘴巴很敏感，这可不多见。他精力充沛，却从没有过恶习。但我们的客人都爱用勒链。”

“我不喜欢，”这位绅士说，“劳驾把它取下来，把缰绳系在颊带上就行了。走远路还要靠听话的嘴巴才行，对不对，老兄？”他一边说，一边拍拍我的脖子。

然后他拿起缰绳，两人就上了车。我现在都记得他如何温和地叫我掉头，轻拉缰绳，用鞭子在我背上轻轻一拂，我们就出发了。

我昂着头，迈出我最优美的步伐。我发现身后的人懂得如何驾驭一匹好马，就像回到了过去的好日子，让我心情十分舒畅。

这位绅士觉得我是一匹称心如意的马，给我放上马鞍试着骑了几次以后，他说服我的主人把我卖给了他的一个朋友，这位朋友想要一匹安全温顺的马当坐骑。接下来发生的，就是我在那个夏天被卖给了巴里先生。

第三十章　窃粮贼

我的新主人是一个单身汉。他住在巴斯，常为工作忙得脱不开身。医生建议他多骑马当作运动，就是为这个目的他才买了我。他在离住处不远的地方租了一个马厩，还雇了一个叫费尔奇[1]的人做马夫。我的主人不怎么懂马，但他对我很好，要不是他在这种情况下不可能面面俱到，我本可以拥有一个舒适、安逸的家。他订购了最好的马料，里面有大量的燕麦，还有碾碎的豆子、麸皮和野豌豆或者黑麦草，他觉得这些都是必要的。我听到主人吩咐买这些东西，便知道我会吃到很多好吃的，以为我就要过上好日子了。

① 费尔奇：原文为 Filcher，即小偷的意思。

几天过去了，一切都很正常。我发现我的马夫很在行。他把马厩打扫得很干净，还保持通风，而且他给我刷洗得也很彻底，一直都很温和，从不例外。他在巴斯的一家大酒店里当过马夫，后来不干了，只种点儿水果和蔬菜拿到集市上卖。他的妻子则喂些鸡、鸭、兔子，养肥了也拿去卖。过了一段时间，我觉得燕麦变少了，麸皮里掺的只有豆子，但就是豆子也很少，肯定不到原来的四分之一。两三周以后我的力量和精神都受了影响。草料固然很好，但没有谷物，我的身体状况就不能很好地维持下去。但我没法抗议，也不可能把我的需求说出来。就这样过了大约两个月，我真纳闷主人怎么什么也没看出来。一天下午，他骑我去乡下看他的一个朋友。他朋友是一位乡绅，家在通往韦尔斯的路上。这位先生眼力好，看马一看一个准。他和朋友道过好，便把目光转向了我：

“我看啊，巴里，你的马比起刚买的时候差多了，最近他还好吗？”

“是啊，我觉得很好，”我的主人说，“但他的精神没以前好了，我的马夫告诉我马到了秋天都会发蔫，属于正常现象。”

“秋天！胡说八道！”乡绅说，“再说现在才八月，你让他干的活那么少，吃得还那么好，即使是秋天，他也不应该虚弱成这样。你是怎么喂他的？”

我的主人告诉了他。他慢慢地摇摇头，摸了摸我。

“我不知道谁吃了你的马料，亲爱的老伙计，但我能肯定地说你的马没吃着。你刚才骑马骑得快吗？”

“不！很慢。”

“那么你把手放在这儿，”他的手掌抚过我的脖子和肩膀，“他身上又热又湿，就像刚从草地上站起来一样。我建议你去好好调查一下你的马厩。我不想多心，而且，感谢上帝，我也没理由去多心。不管我在不在场，我手下的人都能靠得住。但世上还有一些缺德的无赖，可恶到居然从哑巴牲口嘴里抢吃的。你必须调查一下。”然后，他对过来牵我的仆人说：“给这匹马好好地喂一顿碾碎了的燕麦，他想吃多少就给他吃多少。”

“哑巴牲口！”对，我们是哑巴。如果我能说话，我就会告诉主人他的燕麦上哪儿去了。我的马夫每天早上大约六点来马厩，还会带来个小男孩，手提一只有盖的篮子。这孩子跟着他爸爸进了放马料的马具房，门没关严的时候我就能看见他们把燕麦装满一个小口袋，然后小男孩就走了。

五六天后的一个早晨，这个男孩刚走出马厩，门就被推开了，一个警察紧紧握着这个男孩的胳膊走了进来，另一个警察跟在后面，把门从里面锁上，说：“把你爸爸藏你家兔粮的地方指给我看。”

男孩吓坏了，只好哭了起来。但他没地方可逃，于是他带警察去了谷仓。他们在那里找到一个空口袋，就和男孩篮子里装满燕麦的那个袋子一模一样。

费尔奇当时正在刷我的脚，警察一下就找到了他。尽管他撒泼耍赖，但还是被押去了临时监狱，他儿子也跟去了。之后我听说小男孩被无罪释放，他被判入狱两个月。

第三十一章　失职的马夫

我的主人没有立刻去招工。过了几天，我的新马夫来了。这人可真算得上高大英俊，但如果有骗子能伪装成马夫样儿的话，那一定是阿尔弗莱德·斯莫克。他对我和蔼可亲，不打不骂。其实，主人在跟前的时候，他还经常抚摸我，轻轻地拍我。出门前，他总是用水刷我的鬃毛和尾巴，用油擦我的蹄子，让我看起来漂亮极了。但他根本不会给我刷腿、检查马掌或全身擦洗，就好像我是一头奶牛。我的衔铁锈了，马鞍发潮了，后鞧硬了，他都不管。

阿尔弗莱德·斯莫克认为自己很美，花了大把的时间对着马具房里的一面小镜子整理他的头发、胡子和领结。主人和他说话，他总是一迭连声地答：“是，先生；是，先生。”每说一句都要拿手碰一下帽子。人人都以为他是个能干的好小伙，巴里先生能找着他真是太幸运了。但我要说，他是我见过的天下最懒、最自以为是的家伙。能不挨打挨骂固然好，但马还有别的需求。我的隔栏很宽敞，如果他不是懒得从来不打扫的话，本来应该是很舒服的。他从不把稻草清理干净，压在下面的那些散发出很难闻的气味，把我的眼睛熏得又疼又肿，胃口也变差了。

一天主人进来说："阿尔弗莱德，这马厩味道太浓了，你能不能把隔栏好好刷洗一下，多倒几桶水冲一冲？"

"是，先生，"他边说边用手碰碰帽子，"您愿意的话，我就立刻去办。但这么做太危险了，先生，往隔栏里冲水，马儿会很容易感冒的，先生。我可不想他受伤害。不过只要您愿意，我就照办。"

"哦，"主人说，"我可不愿让他感冒，但我实在受不了这马厩里的臭味，你觉得是不是下水道的问题？"

"哦，先生，您一说我就想起来了，有时候下水道的确会返味儿，可能是出问题了，先生。"

"那把泥瓦匠请来看看吧。"主人说。

"是，先生，立即照办。"

泥瓦匠来了，把砖头撬起来一大堆，什么问题也没发现。于是他抹了点儿石灰，问主人要了五先令的工钱，而隔栏里的臭味还和以前一样。不光如此，我长时间站在大量潮湿的稻草上，脚上发了病，一碰就疼。主人总说：

“我不知道这马是怎么了，走起路来左摇右晃。有时我真担心他被绊倒。”

“是，先生，”阿尔弗莱德说，“我遛马的时候也发现了同样的问题。”

但事实是他几乎没有带我出去运动过，主人忙的时候，我一站就是几天，完全没机会活动活动腿脚。但喂给我的食料还是和干重活时一样丰盛。我的身体失调了，有时变得乏力又迟钝，但更多的时候是烦躁、发热。他甚至从没给我喂过一顿草料或糠麸糊糊来败败火，因为他不仅自以为是，而且无知。他不仅不让我运动，不换食料，还让我吃大药丸和药水。药丸和药水灌进喉咙里我就够难受的了，吃过以后我还觉得恶心、不舒服。

一天，我的脚很疼，但还得驮着主人跑在一条新铺过石子的路上。我足足有两次几乎失足，以至于主人出了兰斯唐，一到城里就去了马医那儿，请他看看我到底是怎么了。医生把我的脚一只接一只抬起来检查，然后站起来，拍拍手上的灰，说：

“你的马得了‘烂蹄叉’，而且很严重。他的脚站不住，幸好没有摔倒。我想你的马夫可能有些不负责。这种病一般发生在最脏、褥草从来不清理干净的马厩里。如果明天你能把马带过来，我就给他治一治蹄子，给你的人一点儿搽剂，教给他要怎么用。”

第二天我的蹄子就被彻底洗干净了，他们还把布条在浓烈的药水里浸湿，然后塞到蹄子里，可真受罪。

马医嘱咐每天都要把褥草从马厩里清出去，地板要保持干净。还要喂我糠麸糊糊和草料，不能吃太多谷料，直到我的脚病恢复。经过这些治疗，我又恢复了体力。但巴里先生两次受马夫的骗，又气又恼，决定再也不养马了，要骑的时候就去租一匹。于是我在这个家里只住到脚伤完全恢复，然后就又被卖了。

第三部分

第三十二章　马市

对于那些光是来看热闹的人来说，马市无疑是一个消遣的好地方，无论如何都够大家看的。

这里有一群群刚离开湿地、从乡下赶着来的小马；一大批皮毛又长又厚的威尔士矮种马，都和欢蹄梅里差不多高；还有几百匹各种各样的拉车马，有一些的长尾巴还被编成辫子，用红绳系起来。还有不少和我一样，外表英俊，血统纯正，却因意外、伤疤、喘鸣症或其他病症而流落到中等马的阶层。也有一些风华正茂的骏马，什么活儿都能干，戴着牵马缰绳或小跑，或抬腿跨步，得意地展示他们最时髦的高级步伐，马夫则牵着缰绳在一侧跟着跑。但转到集市上不显眼的位置，你就能看见很多老弱病残，他们饱受劳役摧残，每走一步膝关节都伸不直，后腿直打战。还有一些看起来已经萎靡不振的老马，下嘴唇松垮垮地垂着，耳朵无力地往后耷拉着，仿佛生活中再无任何乐趣可言，也看不到任何希望。有的瘦得皮包骨头，肋骨根根凸现；有的背脊和臀部常年生疮无法痊愈。身为马儿，看见这番景象只能心酸不已，谁知道自己有朝一日会不会也落到这种境地。

集市上人人都在讲价还价，你能提价，我就敢压价。如果马儿能看得懂这世面，还能说话的话，我就要说，马市上的人满口谎话，诡计算尽，让聪明人看了也讲不清，道不尽。他们把我和两三匹身强力壮，一看就是干活好手的马放在一起，引得好多人过来看。但他们看见我受损的膝盖就走了，把我带去卖的人再怎么赌咒发誓说我只是在马厩里摔了一跤也没用。

他们先把我的嘴掰开，然后看看我的眼睛，从头到脚摸一摸，再用力捏捏我的皮肉，接下来再试我的步伐。真想不到各人做这些事的时候差别会那么大。有的人重手重脚，就好像我是一根木头；有的人就能轻轻抚摸马的身体，时不时还拍一拍，就好像在说“劳您驾”。从买家对我的态度上，我对他们自然能有个大致的评判。

有一个人，我觉得如果他能买我的话，我应该能过得好。他不是个有钱又有闲的绅士，也和那种自封绅士、到处炫耀、唯恐别人不知道的人不一样。他个头不高，但很结实，动作干净利落。我从他的手法中立刻就感觉出他是一个熟悉马的人。他说话声很轻柔，灰色的眼睛里流露出善良、愉快的神情。我这么说可能有些奇怪，但每次都应验了——他身上有一种干净、清新的味道，让我喜欢上了他。他并没有我讨厌的馊啤酒味儿和烟草味儿，而是一股清爽的味道，好像他刚从干草棚里出来一样。他出价二十三英镑，但被拒绝了，他便走开了。我看着他的背影，直到我看不见。之后来了一个长相凶狠、嗓门很大的人，我很害怕自己会被他买走。但他也走了。又来了两三个人，都没有要买的意思。然后那个长相凶狠的人又回来了，说愿意出二十三英镑。眼看买卖就要成交，因为我的卖主觉得别人可能给不到他想要的价格，只能降价；就在这时，那个灰色眼睛的人又回来了。我忍不住把头探到他面前，他便温柔地摸着我的脸。

“老伙计，”他说，“我看我俩倒很配。我出二十四英镑买他。”

“给二十五英镑就归你了。”

“二十四英镑十先令，”我的新朋友坚定地说，“多一个子儿都不出，卖不卖？”

“成交，”卖主说，“你放心，这马的好处多得说不完，你让他拉出租马车的话，可真让你占到大便宜了。”

钱款当场就交付清楚了，我的新主人牵着我的缰绳，带我走出集市，到了一个酒馆，他在那儿有一套现成的马鞍和笼头。他喂了我一顿美味的燕麦，我吃着，他就站在旁边看，跟自己说说话，也跟我说说话。半个小时后，我们就走上了去伦敦的路，穿过美丽的小巷和乡间小路，才走到通往伦敦的主干道上。我们马不停蹄地一直走到黄昏时分，终于到了这个大都市。煤气灯已经点亮，左边是一条条街道，右边也是一条条街道，街道纵横交错，延伸到数英里之外。我以为我们永远都走不到头。最后，过了一条街，我们走到一个长长的出租马车行，骑在我背上的主人高兴地喊道：“晚上好，长官！”

“你好啊！”一个声音说，“买到好马了吗？”

“我想是的。”我的主人回答。

“但愿他给你带来好生意。”

“谢谢你，长官。”然后他继续往前走。不一会儿，我们拐进一条边道，走了一半又拐进一条很窄的小路，路的一边是破破烂烂的房子，另一边大概是马车房和马房。

我的主人在一所房子面前停下，吹了声口哨。门一下子就打开了，一个年轻的女人跑了出来，后面还跟着一个小女孩和一个小男孩，一家人欢欢喜喜地迎着我主人下马。

“好了，好了，哈利，好孩子，去把马房门打开，你妈妈一会儿就把灯拿来。”

一会儿这家人就围着我站在一个不大的马房院子里。

“他乖不乖，爸爸？”

“是的，多丽，就和你的猫咪一样，过来拍拍他。”

于是她就把小手在我的肩膀上拍啊拍，一点儿也不怕，这感觉真好！

“你给他擦洗干净，我来弄点儿糠麸糊糊。”妈妈说。

“好的，波莉，他正想吃东西呢。我知道你一定也给我准备了一顿好吃的糊糊。”

第三十三章　伦敦的出租马

我的新主人名叫耶利米·巴克，但大家都叫他杰瑞，那我也就这么称呼他吧。他的妻子波莉是天底下最难得的好妻子。她是个胖嘟嘟、干净整洁的小妇人，长着光滑的黑色头发和黑色的眼睛，一张小嘴整天笑嘻嘻的。他们的儿子快十二岁了，个头挺高，待人坦诚，脾气也好。还有小多罗茜（他们叫她多丽）已经八岁了，那长相简直就是她妈妈的翻版。他们一家人其乐融融，不管是过去，还是未来，我都没见过那么幸福、快乐的家庭。杰瑞有一辆自己的出租马车和两匹马，他自己赶车，自己照料马。他的另一匹马很高，身上是白色，骨架宽大，名叫“上尉”。他现在已经不年轻了，但以前一定是一匹好马，从他抬着头、弓着脖颈的模样中依然能看出一股傲气。其实，他是一匹血统纯正、举止文雅的老年骏马，从相貌到性格都表明了他贵族的身份。他告诉我，早年他参加过克里米亚战争①，和他的骑兵军官主人一起冲在整个军团的最前面。他的军队生涯以后我再接着讲。

第二天早晨，我被刷洗得干干净净，波莉和多丽到院子里来看我，和我交朋友。哈利一大早就来给他父亲帮忙，他断定我会成为一名“得力干将”。波莉给我带来了一块苹果，多丽带了一片面包，让我感觉仿佛回到了过去身为“黑骏马”的日子。他们拍拍我，用温柔的声音跟我讲话，这感觉多么美好，我也尽量让他们知道我愿意和他们友好相处。波莉认为我很英俊，要不是我膝盖上有疤，否则让我拉出租马车太可惜了。

“当然了，没人能告诉我们他受伤是谁的错，”杰瑞说，“既然没有答案，我姑且判定不是他的错。因为我从没骑过比他更稳健、更利索的马。我们叫他‘杰克’吧，就和我们那匹老马一样，好不好，波莉？”

“行，”她说，“好名字就该一直用下去。”

上尉一个上午都在外面拉车，哈利放学后来马厩给我喂马料和水。下午我就套上了出租马车，杰瑞还把马轭和

① 克里米亚战争（1853—1856）：在俄国与英国、法国、土耳其（奥斯曼帝国）、撒丁王国之间爆发的战争，最长和最重要的战役都发生在克里米亚半岛。

笼头的松紧度反反复复地调，就好像当年的约翰·曼利一样。等到后鞧都调到松开两扣，我终于全身都轻松了。没有支头缰绳，没有勒链，只有一个简简单单的环衔铁，真是老天保佑！

我们走过边道，来到头晚杰瑞说“晚上好”的那个很大的出租马车站。车站位于一条很宽的大街，街的一边是高高的楼房、琳琅满目的店面，另一边是一座古老的教堂和墓地，周围围着铁栏杆。出租马车顺着栏杆排成一排等客人叫车，地上散放着一些干草。赶车的那些有的几个人站在一起，有的在车上看报，有一两个拿了点儿干草和水喂马。我们在车队后面停下，排在最后一辆车的后面。两三个人就走过来看我，聊聊各自对我的评价。

“拿来赶葬礼正好。”一个人说。

“瞧着好看，”另一个高深莫测地摇摇头说，“没准哪天早上起来他就不对劲了，否则我名字就不叫琼斯。”

“好呀，”杰瑞乐呵呵地说，“是福不是祸，是祸躲不过，操心也没用，我不如多穷开心几天吧。”

然后过来一个宽脸膛的人，身穿灰色的长大衣，外面套件灰色的斗篷，斗篷上钉着大颗大颗的白色纽扣，头戴灰色帽子，脖子上还松松地系了一条蓝色羊毛宽围巾。他的头发也是灰色的，表情倒挺客气。他一过来大家都给他让路。他上上下下把我打量了一番，就好像要买我似的。然后，他直起腰来，清了清嗓子，说：“你这马可找对了，杰瑞，不管出多少钱都值了。”就这样，我在车站的名声算是打响了。

这个人的名字叫格兰特，但人们都叫他“灰发格兰特”或“格兰特长官”。他在这个车站里待的时间比任何人都长，向来把本站的纠纷调解、是非评理视为己任。平时他都是个好说话、讲道理的人，但要是火气上来，比如喝酒喝多了，就谁都不肯靠近他了，因为他的拳头下来得又快又重。

拉出租马车的第一个星期太难熬了。我还没有习惯伦敦这个城市，到处急匆匆、乱哄哄，我穿行在车水马龙之中又惊又怕。但没多久我就发现，我完全可以信任我的赶车人，于是渐渐习惯了。

杰瑞是我见过的最熟练的赶车人，更令人欣慰的是，他关心自己的马，就和关心自己一样。他很快就看出来我肯干活，也愿意卖力，于是他从不用鞭子打我，顶多就是命令我出发的时候用鞭梢在我背上一拂。但通常他把缰绳拿起来一拉，我就知道该走了。我相信他的鞭子总是别在腰间，难得拿到手里。

在很短的时间里，我和主人干起活来时已经能配合得相当默契；在马厩里也一样，他尽他所能让我住得舒适。

马厩是老式的，大部分建在斜坡上，但他在我们的隔栏后面装了两根活动横杆，晚上我们休息的时候，他就取下我们的笼头，把横杆扣上，我们就可以随意地转身，以自己舒服的方式站立，非常安逸。

杰瑞把我们收拾得很干净，尽力常给我们换换口味，马料量也很足。不仅如此，他还给我们放了大桶大桶干净的清水，白天黑夜低头就能喝到，除非是我们刚从外面回来，身上还很热的时候。有人说不能让马一口渴就喝水，但我明白，如果随时都能喝到水，我们每次就只喝几口，而让我们干渴难耐，一次性猛喝下去半桶水对我们的身体并不好。有些马夫一回家就去喝啤酒，让我们干嚼稻草和燕麦，过几个小时才给我们喝水，我们就会拼命往肚子里灌水，这样呼吸道会受损，有时还让胃受寒。但是，在这个家里最享受的事情就是礼拜天可以休息。我们辛勤工作了一个星期，若不是那一天可以歇口气，我怕我们会撑不下来。而且，在那一天里我还能和我的朋友做伴玩耍。就是在那段日子里，我了解到了我同伴过去的故事。

第三十四章　老战马

上尉一开始就是按战马的标准来进行调教和训练的。他的第一个主人是一位在克里米亚战争中作战的骑兵军官。上尉说他非常喜欢和其他马一起训练，一起奔跑，一起转弯，向左或向右，听到口令就停下，军号声响起或军官发令时就往前冲。他年轻时是一匹黑底带铁灰色斑点的马，人人都觉得他很英俊。他的主人是一位血气方刚的绅士，对他宠爱有加，从一开始就对他照顾周到，轻言细语。上尉告诉我，他觉得做战马的生活十分愉快，但当他被送到一艘大船上漂洋过海的时候，他差点儿就改变想法了。

“坐船的经历，”他说，“可太恐怖了！我们当然没法从地上就跨到船里，所以他们只能用结实的皮带捆住我们的身体，然后不顾我们难受挣扎，就把我们四脚悬空吊了起来，在空中越过海面，然后放到大船的甲板上。之后我们就被关进很小的隔栏里，很长一段时间看不到天空，连腿脚都不能活动活动。有时船在大风中摇摇晃晃，我们就被摔来摔去，那滋味可难受了。但这最后也有到头的时候，我们又被吊起来，越过空中降落在地上。又一次感觉到脚下坚实的土地，我们高兴极了，打着响鼻，开心地咴咴直叫。

“我们很快就发现到达的这个国家和我们国家很不一样，除了打仗以外我们还要忍受很多苦难。但士兵们都很爱自己的马儿，不管是风雪、潮湿，还是混乱无序的时候，都尽了一切的力量来对马儿好。”

“那么战争呢？”我说，“不是比任何事情都更糟吗？”

“哦，”他说，“我也说不清。我们最喜欢听到军号的声音，最乐意被召集；即使有时原地待命几个小时，到了出发的时候我们也总是迫不及待。上面一声令下，我们便不顾一切，热情高涨地狂奔出去，仿佛忘记了大炮、刺刀、子弹的存在。我相信，只要我们感觉到我们的主人还稳稳地骑在马鞍上，手里还紧紧地握着缰绳，我们就不会向恐惧低头，即使可怕的炮弹在空中呼啸着飞过，炸成上千块碎片。

“我和我的主人历经征战，却都毫发无损。虽然我看见其他的战马或中弹倒下，或被长矛刺穿，或被可怕的军刀砍得皮开肉绽，我们却只能任他们抛尸沙场，或在伤痛的折磨中慢慢地死去，这些都没能让我害怕。我的主人用他令人振奋的声音给士兵们鼓劲，让我听了就觉得我们不会死去。我对他有万分的信任，在他的带领下，我做好了随时冲向炮口的准备。我看到很多勇敢的人被砍倒，还有的受致命一击摔下马背。我听到垂死之人的哭喊和呻吟，我还从血色泥泞的土地上跑过，常要小心避让，免得踩到受伤的人或马，但我也没有害怕，直到那个可怕的日子——那一天我永远都不会忘记。”

说到这里，上尉顿了顿，深深地吸了一口气。我等待着，然后他继续说道：

“那是一个秋天的早晨，和平常一样，我们骑兵在天亮前一个小时就集合完毕，披挂整齐，准备投入当天的作战，或者是等待。士兵们站在自己的马旁，等待命令。天色渐亮，军官那边隐隐有些激动。天还没有完全亮，我们就听到敌方开火的声音。

“这时一位军官骑马过来，下令所有人上马。霎时间人人都坐到了马鞍上，每一匹马都急不可耐地等待着士兵拉动缰绳，或把马肚一夹。但我们都受过良好的训练，心里再急也只是嚼着衔铁，时不时晃晃脑袋，算不上是焦躁发狂。

“所有人都坐在马鞍上纹丝不动，警惕地观察着。我亲爱的主人和我排在队伍最前面，他把我一缕乱了的鬃毛捋回去，再用手掌抚顺，然后拍拍我的脖子，说：‘今天我们要大战一场了，拜亚尔，我的好马儿，咱们就和以前一样打好这一仗吧。’那个早晨我感觉他抚摸我脖子的时间比过去任何一次都长，快快地一下又一下，就好像他心里在想别的事情。我喜欢他摸我脖子的感觉，于是骄傲又高兴地弓起了脖颈。但同时我还是正正地站在原地，因为我熟悉他所有的情绪，知道他什么时候想让我安静，什么时候任我撒欢。

“我无法描述那一天里发生的所有事情。但我要告诉你我和主人的最后一次冲锋：我们要迎着敌军的大炮冲过一座山谷。那时我们都已经习惯了火炮的轰鸣、滑膛枪的嗒嗒声和子弹擦身而过的嗖嗖声，但我从来没有遇到过那样的火力猛攻。子弹和炮弹壳从右边、左边和前边密集地向我们扫射。许许多多勇敢的人倒下了，马儿也倒下了，骑兵被甩到地上；一些没有了骑手的马疯狂地跑出了队伍，由于孤独无助，也没有人指挥而惊恐不已，又挤回老同伴的身边，一起奔跑冲锋。

“虽然心里很害怕，但没人停下，也没人掉头逃跑。队伍每过一秒都变得更加薄弱，战友倒下了，我们就靠得更近一点儿；离大炮已经很近的时候，飞奔的脚步没有因为胆怯而颤抖或迟疑，而是越来越快。前方笼罩在白色的硝烟之中，只看得见开火时闪烁的红光。

“我的主人，我亲爱的主人，高举起右臂为战友呐喊鼓劲，就在这时，一颗子弹擦着我的脑袋，嗖的一声，击中了我的主人。我感到他中弹后晃动了一下，但并没有发出声音。我试着减慢速度，但他右手中的剑掉了下来，左手的缰绳也垂了下去，他慢慢地向后倒，最后摔到了地上。其他骑手们从我们身旁飞快地掠过，身处这股冲锋的洪流之中，我不得不随着队伍离开了主人摔倒的地方。

“我想守在他的身边，不让他受一拥而过的马蹄踩踏，但我做不到。现在我失去了主人，身边没有朋友，孤零零地站立在杀戮之地，恐惧顿时占据了我的内心，有生以来我第一次止不住地颤抖。我也想和我见到的那些马一样，回到队伍中一起奔跑，但士兵手中挥舞的剑令我无法靠近。就在这时，一位士兵抓住我的笼头便骑了上来，他的坐骑刚刚已经死了。我带着新主人又一次向前冲，但我们英勇的部队惨遭攻击，死伤大半，激战后幸存下来的又从前方跑了回来。一些马伤势严重，失血过多几乎动弹不得；一些马威武不屈，拖着三条腿顽强地走；还有一些后腿已经被炸碎，还徒劳地想用前腿站起来。他们的哀鸣听得人心中凄苦不已；我永远都忘不了，当活下来的人从他们身边走过，留下他们听天由命时，他们眼中恳求的目光。战争过后，伤兵被带了回去，死了的就埋掉了。”

“那么受伤的马呢？”我问，“他们就被扔下等死了吗？”

“不，军队马医会拿着手枪去阵地上看，伤重的开枪打死，只受了轻伤的就带回去治疗。但那天早上赴汤蹈火的高贵的马儿们，大部分都没有再回来！在我们的马房，生还的只有四分之一。

“之后我再也没见到我亲爱的主人。我想他摔下马鞍后就死了。我再也没像爱他那样爱过其他主人。我后来又参加过几次战争，只受过一次伤，伤得也不重。战争结束后，我回到英格兰，就和我刚离开时一样健康强壮。”

我说：“我听别人谈起战争时，就好像那是一件很好的事情。”

“呵！”他说，“那我觉得他们应该从没见过打仗是什么样。如果没有敌人，只是训练、检阅和演习的话，那无疑是挺好的。是啊，那是很壮观的。但当成千上万英勇的战士和马被杀，或终身残疾，就大不一样了。”

“你知道他们为什么打仗吗？”我问。

“不知道，”他说，“我们马儿是理解不了的。但如果值得一路杀到大洋彼岸去，那么敌人一定是特别邪恶的人。”

第三十五章　杰瑞·巴克

我从没见过比我的新主人更好的人，他善良又正直，就和约翰·曼利一样秉持公德。他待人宽厚、随和，很少有人能和他吵得起来。他很喜欢编个小曲儿，自己唱给自己听。有一首他很爱唱的是这样的：

来吧，父亲和母亲
来吧，兄弟和姐妹
你和我，大家携手
互相帮助，相亲相爱

这就是他们一家人的真实写照。哈利在马厩里干起活来就和年纪更大的男孩一样利索，只要他能干的，他总是抢着干。波莉和多丽会早上过来帮忙打理出租马车——把坐垫刷一刷，再拍拍靠枕，窗子也擦一擦。杰瑞则在院子里给我们清洗,哈利负责擦挽具。一家人干起活来欢声笑语，让我和上尉精神振奋，这可比挨骂受训好得多了。他们早上起得很早，就像杰瑞说的那样：

若你浪费清晨的时光
徘徊终日也无法补偿
任你紧张奔忙
任你意乱心忙
那时间的河流
永不往回流淌

他最不能忍受闲游浪荡、浪费时间。有的人经常迟到，为了赶时间就鞭打出租马让他们跑快一点儿，碰上这种人杰瑞最生气。

一天，两个年轻人气急败坏地从车站附近的一家小酒店跑出来，喊杰瑞过去。

“赶车的，过来！赶紧的，来不及了，能不能给我们跑快点儿，去赶维多利亚火车站一点钟的火车？我们多给你一先令。”

“我只能用正常的速度赶车，先生们，你再给多少钱我也快不起来。”

拉里的马车就停在我们旁边，这时他赶紧拉开车门说：“我拉！先生们，坐我的车吧，我的马绝对给你们准时送到。”他一边给客人关门，一边对着杰瑞那边眨眨眼说：“稍微跑快一点儿，他良心就过不去了。”然后给了他自己那匹疲惫的马儿一鞭子，硬是逼着他飞奔起来。杰瑞拍拍我的脖子：“不，杰克，怎么能为了一个先令去干那种事情，对不对，老伙计？”

尽管杰瑞坚决不赶快车来给那些拖拖拉拉的人行方便，他赶车总是又稳又快，但如果了解原因，他其实也不反对赶快车。

我记得很清楚，那是一个早晨，我们在车站等生意，看到一位年轻人提着一个沉重的旅行箱，踩到了人行道上的一片橘子皮，重重地摔倒在地上。

杰瑞第一个跑过去把他扶了起来。年轻人摔得都蒙了，大家扶他走进一家店铺的时候，他疼得受不了的样子。杰瑞回到了车队里，大概过了十分钟，一个店员过来叫他，他又跑回到人行道上。

“你能不能送我去东南火车站？”年轻人说，“真倒霉，摔了这一跤，恐怕我赶不上了，但我有急事，必须赶

上十二点钟的那趟火车。要是你能把我准时送到车站，我就太感谢你了，一定会多付你车费。”

“如果你觉得你的状况还行的话，先生，”杰瑞认真地说，“我会尽力赶的。”因为这位年轻人脸色苍白，虚弱无力。

“我必须走，”他急切地说，“请打开车门吧，我们别再浪费时间了。”

杰瑞一眨眼就坐上了驾驶座，轻快地喊了一声“嘚——驾”，再把缰绳一抖，我就明白要上路了。

“杰克，好伙计，”他说，“跑起来吧，让他们看看咱有多快——只可惜人家不告诉咱们这么赶是为个啥。”

中午想在城里赶快车是很不容易的，那时每条街上都是来往的车辆，但我们还是尽力而为。当好车夫和一匹好马做搭档时，两人配合默契，心有灵犀，再拥挤的街道都过得去。我的嘴巴很敏感，也就是说，缰绳轻轻一动，我就知道该干什么。在伦敦，这个优点非常有用。这里的四轮马车、公共马车、拉货大马车、大篷车、大马车、出租马车和大货车挤在一起，只能以步行的速度往前挪。有的要往这边走，有的要往那边走；有的走得慢，后面的就想超过去，公共马车每走几分钟就要停下来上下乘客，后面的马车只能也停下来，或者超到前面去；或者你正想超过去，忽然另一辆车瞅准这个空当立刻挤了进去，你就只能继续跟在公共马车后面了。不一会儿你觉得又等到一个机会，可以超到前面去，你和旁边的车逐步逼近，两边的轮子只差半英寸就要蹭到了。终于，你超过去了，但很快就发现前面还有一长串的大马车和四轮马车，都在以步行的速度前进。有时你遇上常见的交通堵塞，只能原地站几分钟，等前面的分流一些到边道里去，或者等警察来干预。同时你必须注意不能放过任何机会——见缝就钻，要像猎鼠犬一样迅猛，空间和时间都要把握好，可别让你的车轮被卡住或被撞碎，当心别被其他车的车杆击中胸膛或肩膀。所有这些你都得准备好。如果你想在中午快速穿过伦敦，没经验是不行的。

杰瑞和我已经熟门熟路了，我们一旦上路，没人能比得过我们。我速度快，胆子大，并且完全信赖我的车夫；杰瑞则反应灵敏，又有耐心，同样也信任他的马，我俩简直就是绝配。他几乎不用鞭子，我从他的声音和他弹舌头的咂咂声就知道他要我跑快些，从缰绳就能感觉到应该往哪边走，所以他根本用不上鞭子。不过，我还是继续把故事讲完吧。

那天街上也十分拥挤，但我们还是一直顺利地走到了齐普赛街街尾，然后才被堵了三四分钟。那位年轻人把头探出车窗，焦急地说：“我看我还是下来自己走吧，这样下去我是到不了车站的。”

“我会想办法的，先生，”杰瑞说，“我看我们赶得及，这次堵车不会堵太久，而且你的行李太重了，先生。”

就在这时，我们前面的货车开始动了，我们的机会来了。我左突右冲，钻进钻出，将马的极限都发挥出来，最后到伦敦桥时，奇迹般地为我们赢得了充裕的时间。那里有无数出租马车和四轮马车都快步往一个方向拥来——也许就是要去赶同一趟火车。我们和许多车子也被这股狂潮卷进车站，这时大钟上的时间指向十二点差八分。

“谢天谢地！我们赶上了，”那位年轻人说，“非常感谢你，我的朋友，还有你的好马，你对我的帮助是不管多少钱都买不来的。请收下这半个克朗①。”

“不，先生，不用了，谢谢你的好意；能赶上我也很高兴，先生。别停留了，先生，铃响了。来，脚夫，拿上这位先生的行李——去多佛——十二点那趟——好了！”没等对方回话，杰瑞让我掉个头，给那些赶在最后一分钟才冲过来的马车让出地方来。然后我们停在一边，等这趟车潮过去。

“赶上了真好！”他说，“赶上了真好！可怜的年轻人！

① 克朗：瑞典、挪威、冰岛、丹麦等国家的货币单位。旧时英国及其多数殖民地也用此货币单位。一克朗等于五先令，一英镑等于四克朗。

不知道是什么事让他急成那样！”

杰瑞经常在赶车的时候大声地自言自语，我也能听得见。

杰瑞回到车队里以后，大伙儿纷纷拿他赶着快车去火车站的事取笑，说他就为了赚个赏钱，不惜违背自己的原则，大伙儿还想知道他到底捞了多少。

“比我平常挣的多得多，”他狡猾地点着头说，“靠他的赏钱我可以舒舒服服过好几天啦。”

“鬼才信他！”一个人说。

“原来他诓我们呢，”另一个说，“跟我们讲什么原则，自己却说一套做一套。”

“好了，伙计们，”杰瑞说，“那位先生要给我半个克朗，但我没要。能看到他赶上火车，就是给我最大的报酬。如果杰克和我偶尔乐意跑个快车，那是我们自己的事，跟你们没关系。”

“行啊，”拉里说，“那你永远都别想发财。”

“大概发不起来了，”杰瑞说，“但我并不因为没钱就不开心。我听人家讲圣诫，听了很多次都没听到里面有‘你应该富裕’这一条。《新约》里倒是有不少有钱人的稀奇故事，要是我也和他们一样，那我可受不了。”

格兰特长官从驾驶座上转过来说：“如果哪天你真发

了财，那是你应得的，杰瑞。没人会诅咒你的财富。至于你，拉里，你到死都发不了财，你的钱都花在买马鞭上了。”

“唉，”拉里说，“我的马不吃鞭子就不肯走，我能怎么办呢？”

“你从来不费心去试试不用鞭子他肯不肯走。你的鞭子从来没停过，就好像你的手臂得了舞蹈病一样，即使不把你自己累死，也会把马累死。你总是在换马，知道为什么吗？因为你从来不给他们喘口气，也从来不鼓励他们。”

“唉，我的运气从来都不好，”拉里说，“这就是原因。”

“你的运气永远都不会好的，”格兰特说，“好运气不会随随便便落到哪个人身上，只有讲常识、有善心的人才碰得上。至少我的经验就是这样。”

格兰特长官说完就继续转回去看他的报纸了，其他人也都回他们的马车了。

第三十六章　礼拜天的出租马车

一天早晨，杰瑞刚给我套上车，还在系挽绳的时候，一位绅士走进院子。“愿为您效劳，先生。”杰瑞说。

“早上好，巴克先生，”那位绅士说，“我想跟你订辆车，请你每个礼拜天的早晨把布里格斯太太送去教堂。我们现在去新教堂了，路太远，她走不动。”

“谢谢你，先生，”杰瑞说，“但我只有每周工作六天的执照[①]，礼拜天载客的话是违法的。”

“哦！”那位先生说，“我不知道你拿的是六天的执照。不过，换执照应该不麻烦。我不想你为此错过这个好机会，事实上，布里格斯太太很希望坐你赶的车。”

---

① 几年后，出租马车执照年费大幅度降低，六天和七天的差别也被废除了。——原注

“我很乐意为夫人效劳，先生。我以前办过七天的执照，但那样的工作对我和我的马来说都太累了。一年到头，一天也不得休息，礼拜天也不能陪我的妻子和孩子们一起过，也不能上教堂——我在干赶车的工作之前是每周都去做礼拜的。所以，过去五年里我办的都是六天的执照，我觉得那样从各方面来说都挺好。”

“好吧，当然了，”布里格斯先生说，“人人都应该休息，到了礼拜天都应该能上教堂，这是没错。但我以为路程那么短，一天里还只跑一趟，你是不会介意的。整个下午和晚上你都能休息，而且我们是很守信的顾客，你知道的。”

“是的，先生，确实是，我很感激你的关照。真的，要是能有为您和夫人效劳的地方，那是我的荣幸。但我不能放弃我的礼拜天，先生，我真的不能。我在书上读到上帝创造了人，他还创造了马和其他动物，然后他就安排了一个休息日，命令大家每七天里必须休息一天。我想，先生，他一定是知道怎样做对大家才有好处——我能肯定对我是有好处的。有了一天的休息后，我变得更强壮、更健康了。马的精力也得到了恢复，再也不会像过去那样每天看着都在衰老了。其他拿六天工作执照的赶车人也都是这么说的，而且我存到银行里的钱比过去都多了。至于我的妻子和孩子们，先生，神灵保佑！他们知道一周工作七天是什么样子，再也不愿过那种日子了。”

“好吧，”那位绅士说，“别为难了，巴克先生，别再多想了；我去找别家问问吧。”然后他就走了。

“唉，”杰瑞对我说，“没办法，杰克，老伙计，我们必须礼拜天休息。”

“波莉！”他喊道，“波莉！快过来。”

她立刻就跑来了。“怎么了，杰瑞？”

“唉，亲爱的，布里格斯先生想叫我每个礼拜天的早上带布里格斯太太去教堂。我说我只有六天的工作执照。他说，‘去办一个七天的执照，我保证你不会吃亏’。你知道的，波莉，他们是非常好的顾客。布里格斯太太经常出去花几个小时买东西，或拜访朋友，然后大大方方按数用现金付给我，完全是有教养的女士的作风。不像有些人非要讲价，或者把三个小时算作两个半小时。给她拉车，马儿也不劳累，不用给那些总是迟到一刻钟的人拼命跑去赶火车。但这次我没有接她的生意，我们可能就要失去他们这两位顾客了。你说呢，我的夫人？”

“我说嘛，杰瑞，”她慢慢地说，“我说，即使布里格斯太太每个礼拜天早晨给你一个金币，我也不能让你再去做一周工作七天的马车夫。我们知道没有礼拜天的时候是什么滋味，现在要怎么过我们可以自己说了算了。感谢上帝，你挣的钱够养活一家人，虽然刨去买燕麦、干草、执照费用和租金后，有时也过得紧巴巴的，但哈利很快就能挣点儿钱了，我宁愿以后比现在还辛苦，也不愿再回到那种可怕的日子。那时你连看一眼自己孩子的时间都没有，也没法和我们一起上教堂，全家过不上一天平静、愉快的生活。老天保佑再也别让我们过那种日子。这就是我要说的，杰瑞。”

“我就是这么给布里格斯先生答复的，我亲爱的，”杰瑞说，“做了决定我就不改了，所以别发愁了，波莉（因为她哭了起来），即使给我两倍的收入我也不会再过以前的日子，就这么定了，我的夫人。高兴点儿吧，我要上车行去了。”

之后过了三个星期，布里格斯太太都没有来雇过车，所以杰瑞就只能等车行上的生意。杰瑞心里很不好受，因为这样马和人都更操劳。但波莉总是鼓励他，说：“没事，孩儿他爹，没事的。”

尽力干吧

放开顾虑

早晚总要到来

顺风顺水乐开怀

杰瑞把他最好的顾客搞丢的事很快就在车行里传开了，知道原委后，大家都说他是个傻瓜，但还是有两三个人支持他。

“如果工作的人不坚持礼拜天休息，”特鲁曼说，“他很快就会一无所有。休息是每一个人、每一头牲口的权利。上帝的律法规定我们有一天的休息日，按英格兰的律法，我们也有一天的休息日，我说我们应该捍卫法律赋予我们的权利，并且让我们的孩子们也有这些权利。”

“你们信教的人说起来容易，”拉里说，“但能多赚一个先令我都要去赚。我不信教，我看不出来你们信教的就真比我们不信教的要好。”

“如果他们不好，”杰瑞插了进来，“那是因为他们不是真的信徒。你不能说因为有人违反法律，所以我们国家的法律不好。如果一个人爱发脾气，说邻居的坏话，自己欠的债不去还清，他就不是真的信徒，我不管他去过多少次教堂。世上有骗子并不说明我们的信仰不是真的。真正的信仰是世界上最美、最真实的东西，它能给予我们真正的幸福，让这个世界变得更好。”

“如果信仰真有那么好，”琼斯说，“那就不该让那些信教的人礼拜天出门，你知道的，人数还不少，搞得我们也得出来干活。所以我说信仰就是骗人的——如果不是为了拉那些礼拜天上大小教堂的人的生意，我们根本不值得礼拜天还在外面跑。但用他们的话说，他们有他们的公民权利，看来我是没有的。既然我没机会上教堂拯救我的灵魂，只能指望他们来保证我的灵魂不下地狱了。”

好几个人鼓起掌来，但杰瑞打断道：“这话听着有道理，但其实讲不通。每个人都要对自己的灵魂负责，你不能把你的灵魂像个弃婴一样放在别人家门口，让别人来照料。你没发现吗，如果你一直坐在驾驶座上等生意，他们就会想‘即使我们不坐他的车，别人也会去坐的，他礼拜天不休息’。人们当然不会去细想，否则他们就该明白，如果他们不去租车，你在那儿站一整天也没用。可人们并不是凡事都去细想，那样可能太费劲了。但如果你们礼拜天赶车的都停工休息一天，那问题就解决了。”

“可信男善女就没法去听他们最喜欢的牧师讲道了，那又怎么办？”拉里说。

“别人该怎么安排生活，不是我说了算的。”杰瑞说，“但如果他们走不了那么远，可以去近一点儿的教堂；如果下雨，他们可以穿上雨衣，就和下雨天去工作一样。如果一件事是正确的，就做下去；如果是错的，就不要做。好人总会找到办法的。这个道理对我们赶车的和对那些去教堂的人都一样。”

第三十七章　工作准则

过了两三个星期，一天我们到夜里才回到院子里，波莉提着灯笼穿过马路跑了过来（只要不下雨，她总是提着灯笼来接他）。

“我们走运了，杰瑞，布里格斯太太下午派了一个仆人来叫你明天十一点钟送她出门。我说，‘好的，我想可以的。但我们以为夫人已经雇了其他人的车’。

“‘哦，’他说，‘其实呀，巴克先生礼拜天不肯拉车，我主人是很生气。他也试了其他的出租马车，但没一个称心的，有的赶得太快，有的又太慢，夫人说这些车都不如你家的那样干净又整洁。除了巴克先生的车，别的她都坐不惯。’”

波莉说得喘不过气来，杰瑞听了开心地大笑起来。

“早晚总要到来，顺风顺水乐开怀，你说得没错，我亲爱的。你的话总能应验。快回去准备晚饭吧，我要赶紧把杰克的挽具拿下来，给他收拾一下，让他也舒舒服服的。”

后来，布里格斯太太又和以前一样经常雇杰瑞的车，但礼拜天除外。不过有一天我们礼拜天也干活了，事情是这样的：我们周六累了一天回到家里，想起第二天可以休息了，都很高兴。但结果我们还歇不了。

礼拜天的早晨，杰瑞在院子里给我清洗，波莉心事重重地走了过去。

“怎么了？”杰瑞问。

“亲爱的，”她说，“可怜的黛娜·布朗刚接到一封信，说她妈妈病重，要是还想见她最后一面的话就必须立即动身。那地方在乡下，离这里有十多英里，她说如果坐火车的话，到站后还要步行四英里。她身体已经很弱了，孩子才刚刚四周大，那当然是不行的。她想知道你愿不愿意赶车送她去，她保证只要她钱够，一个子儿都不会少你的。”

“啧啧，我们想想吧。我考虑的不是钱的问题，而是我们就过不成礼拜天了。马累了，我也累了——这才是难办的地方。”

“这事对我们都难办，”波莉说，“没有你在，礼拜天的乐趣就少了一半。但你知道，推己及人，将心比心，如果是我自己的妈妈病重了，我很清楚我会是什么样的心情。杰瑞，亲爱的，我相信这不会违反安息日的戒律。如果把一头可怜的牲口或者驴子从沟里拖上来不算破戒，那么帮助可怜的黛娜也不算破戒。”

“天哪，波莉，你简直就和牧师一样。那么，反正我今天一大早已经听过布道了，你就去告诉黛娜，我准备好十点钟出发。等一下——然后转去屠夫布雷登家问个好，请他把他的双轮轻便马车借给我，我知道他礼拜天从来不用。这样马儿就轻松多了。”

波莉去了一会儿就回来了，说屠夫愿意把马车借给他，让他别客气。

“行了，”杰瑞说，“现在给我包上点儿面包和奶酪，我尽量在下午就赶回来。”

“那我赶紧去把本来晚饭吃的肉馅饼烤出来，下午茶的时候吃。”波莉说完就走了。杰瑞一边为上路做准备，一边哼着他最喜欢的小曲儿：“波莉，我家的贤内助。”

我被选去跑这一趟，十点钟我们就出发了，用的是一辆轻巧的高轮马车，拉起来很轻松，跟四轮的出租马车相比，简直不费一点儿力气。

那是五月里一个晴朗的日子，出城后空气清新，青草芳香，乡间小路踩上去一点儿也不硌脚，就像过去那样舒适宜人，我很快就觉得自己焕然一新。

在一条绿意盎然的巷子尽头，是一栋不大的农舍，黛娜家就在那里。农舍旁边是一片草场，长着几棵茂密的大树，树下两头奶牛在吃草。一个年轻人让杰瑞把马车拉到草场上，他好把我拴在牛圈里。他抱歉地说要是有个马厩就好了。

“只要你家的奶牛不介意就行，”杰瑞说，“能在你家美丽的草场上待一两个小时，我的马肯定特别高兴。他很安静，能来这儿其实是难得的享受。”

“好呀，别客气，”那年轻人说，“你对我姐姐那么好，你想要什么尽管说。我们再过一个小时吃午饭，妈妈病倒以后我们都很烦恼，但还是希望你能和我们一起来吃点儿。”

杰瑞友好地向他道谢，说自己带了午饭，现在最想到草场上去走一走。

我的挽具被卸下以后，我都不知道自己该干什么才好——是吃草呢，还是打个滚呢，还是躺下来休息，还是在草场上随兴所至地跑两圈呢？然后我轮着都做了一遍。杰瑞看起来也和我一样开心。他在树荫下的河岸边坐了下来，听着鸟儿歌唱，自己也唱了起来，然后拿出他最喜欢的一本褐色小书读了起来。他又在草场上悠闲地漫步，到一条小溪边摘野花和山楂，用长长的藤条扎住。后来他饱饱地喂了我一顿他带来的燕麦。但欢乐的时光总是太短。

自从我在伯爵府离开可怜的辣姜金杰后，就再也没去过草场了。

我们慢慢地走回家，一到院子里，杰瑞的第一句话就是：“波莉！我还是过了个礼拜天！那儿每一片树丛里都有鸟儿在唱赞美诗，我也和它们一起唱了。至于杰克，他就像小马驹一样快活。”

当他把花儿递给波莉时，她高兴得跳了起来。

第三十八章　真正的绅士

这个冬天来得有些早，气温非常低，还一直下雨。接连几个星期里，天天不是下雪就是下雨，要么就是雨夹雪，偶尔有点儿变化，就是狂风和霜冻。马儿都受了很大的影响。如果天气只是干冷，那么两块厚毛毯就能给我们保暖了，但要是毯子被雨淋透，寒气立刻就传到了身上，毯子就没一点儿用处了。有些赶车人给他们的马盖上防水布，但有些赶车的很穷，自己都没遮雨的，也顾不了他们的马。他们在那个冬天都很遭罪。我们马儿工作半天以后就可以回到干爽的马厩里休息，可赶车的还得坐在驾驶座上等客人，如果是客人参加舞会，有时得等到凌晨一两点。

路面被霜或雪冻住以后就会很滑，这种路最难走。拉着沉重的马车在这种路上走一英里，由于脚底一路都在打滑，耗费的精力堪比在好路上走四英里。为了保持平衡，我们的每一根神经、每一块肌肉都绷得紧紧的，而随时担心跌倒让我们更加筋疲力尽了。如果路况实在太糟，我们的马蹄上就会装防滑钉，但这会让我们一开始就很紧张。

天气太糟糕的时候，很多赶车的就会到附近的酒馆里坐着，请别人帮看着车。那样往往就会丢了生意，而且，像杰瑞说的那样，进酒馆不可能不花钱。他从来不去旭日酒馆，只是偶尔到旁边的一家咖啡馆坐坐，或者从一个老头那里买东西吃——这个老头经常会带几罐热咖啡和馅饼到车站上卖。他的看法是喝过烈酒或啤酒以后，人只会变得更冷。最能让赶车人保持温暖的只有干的衣服、可口的食物、愉快的心情和家里贤惠的妻子。杰瑞不能回家的时候，波莉总是给他送些吃的过来。有时，他会看见多丽在街角偷偷张望，看看爸爸是不是在车队里。如果多丽看见他，她就会飞也似的跑开，过一会儿拎着铁罐或篮子回来，里面是波莉做的热汤或布丁。这个小姑娘居然能安全地穿过这条挤满马儿和车子的街道，真是了不起。她是一个勇敢的小姑娘，能为父亲带来他戏称的“大餐前的头道菜”让她感到无比光荣。她在车站上很受欢迎，杰瑞忙的时候，别的赶车人都愿意送她安全地过马路。

一天，天气很冷，还刮着风，多丽给杰瑞带来一盆热气腾腾的汤，然后站在他身边等他喝完。他刚开始喝，一位绅士就朝着我们飞快地走了过来，并举起手里的雨伞致意。杰瑞碰了碰帽子还礼，把盆递给多丽就去掀我的盖布。那位绅士赶忙上来，喊道："不，不，先把汤喝完吧，我的朋友。我时间不宽裕，但可以等到你把汤喝完，并且把你的小姑娘安全地送到人行道上。"他说着就坐进了车厢。杰瑞非常感激他，然后对多丽说：

"你看，多丽，这就是绅士；一位真正的绅士，多丽。他肯花工夫为一个穷赶车的和他的小女孩操心。"

杰瑞喝完汤，把孩子带到街对面，然后按客人的要求把车赶到克拉彭岗。从那以后，这位绅士就经常雇我们的车。我想他一定很喜欢狗儿和马儿，因为每次把他送到家门口，不论那时候是几点，都有两三只狗奔跑出来迎接他。他有时会过来拍拍我，用亲切、柔和的语气说："这匹马找到了个好主人，这是他应得的。"有人会注意到给自己干活的马，这可不常见。我知道有几位女士偶尔注意过我，以及这位先生，还有另外一两个人拍过我，友好地说过几句话。但百分之九十九的人宁愿去拍拍火车头，也不会想到来拍拍我。

这位绅士年纪不轻了，肩膀向前弓着，就像总是赶着去干什么事情。他的嘴唇很薄，紧紧地抿着，但笑起来很快活。他目光敏锐，而下巴则表现出某种坚定的神情，头部的动作使人觉得只要他决定做什么事情，就会坚决果断地完成。他的声音愉快、亲切，任何一匹马都会信任那种声音，但他的声音也和他的各方各面一样，说一不二。

一天，他和另一位先生坐了我们的马车。他们在 R 大街的一家店铺停下，他的朋友进去了，他就站在店门口。在我们前方不远处的马路对面，一辆大马车停在几家葡萄酒库门前。拉车的是两匹非常好的马，货车的车夫没在跟前。我不知道两匹马已经在那里站了多长时间，但他们觉得等的时间够长了，于是开始往前走。没走出去几步，车夫立刻跑出来拉住了他们。看样子车夫因为他们竟敢走开大发雷霆，拿着鞭子和缰绳狠狠地抽他们，还打他们的脑袋。我们的那位绅士全都看到了，于是飞快地走过街去，用他坚定的语气说：

“如果你不立刻住手，我就请求法庭传召你无故离开马匹和野蛮对待牲口。”

那人明显是喝了酒，口出恶言骂了起来，但总算没继续抽打马儿。然后他拿起缰绳，坐上马车。这时我们的朋友不声不响地从口袋里掏出一个小笔记本，看看印在马车上的名字和地址，然后往笔记本上写了些什么。

“你记那个干吗？”赶车的吼道，他这时正挥着鞭子准备出发。但我们的朋友只是点点头，冷冷一笑作为回答。

回到马车旁边，我们的朋友的同伴也回来了。这个朋友大笑着说："我看啊，赖特，你连自己的事情都料理不过来了，怎么还去操心别人家的马和仆人。"

我们的朋友定定地站了一会儿，然后把头一抬："你知道为什么这个世界会那么糟糕吗？"

"不知道。"他朋友说。

"那么我来告诉你。这是因为人们只去操心自己的事情，从不为那些受压迫的人求公道，也不去揭发那些作恶的人。每次看到这样恶毒的行为，我都会去尽我一己之力。很多主人都对我表示感谢，因为我让他们了解到他们的马儿遭受了怎样的对待。"

"我希望世上有更多您这样的人，先生，"杰瑞说，"这个城市里尤其需要这样的人。"

之后我们继续赶路。他们走出马车时，我们的朋友说："我的信条是，如果我们看见残忍或不道德的行为，有能力阻止却不去阻止，那么我们就成了这些罪行的帮凶。"

第三十九章　破烂山姆

我得说，作为一匹拉出租马车的马，我的日子算过得很好了。我的赶车人就是我的主人，假设他不是一个那么好的人，但即使为了他自己的利益，他也必须把我照顾好，不让我过分劳累。但还有很多马归出租马车主所有，车主把他们按每天一定的费用租给赶车的。既然马儿不是赶车人自己的，他们心里就只想着怎么拿马儿们赚钱，因为赚到的钱要先拿去付租金，剩下才是过日子的钱。有些马为此过着地狱般的生活。当然我知道的很少，但车队里他们经常在谈论这些。长官是个好心人，也很爱马，有时看到马儿筋疲力尽地回来或有被虐待的伤痕，他就会当众指出来。

一天，一个穿得破破烂烂、面容愁苦的赶车人——大家都叫他“破烂山姆”——把他那匹看着已经累垮的马牵回来，长官就说：

“瞧你和你的马这副模样，你们应该去警察局，不该来这儿。”

那人把快成碎布的毯子盖在马身上，转过身来面对着长官，用几近绝望的声音说：

“如果警察能管这事的话，他该管的是老板收我们那么贵的租金，车费又定得那么便宜。光是一辆车、两匹马的租金，每天就得十八先令，这个季节我们差不多都是这个价。赚够这点儿钱之前，一个便士都不是我们自己的。我说，这活儿也太苦了，一天一匹马必须挣九先令，之后赚的钱才是你过日子的钱。你们都知道事实就是这样，如果马不拉车，我们就得挨饿，我和我的孩子早就尝过那种滋味了。我有六个孩子，只有一个能挣点儿钱，我在车站上一天工作十四到十六个小时，最近十到十二周我都没休息过。你们都知道，只要有可能，斯金纳[①]巴不得我们天天都工作，这又苦又累的活，我不干谁干？我也想要暖和的外套和雨衣，但家里那么多张嘴等着吃饭，我怎么买得起？上周为了交租金给斯金纳，我把钟都送去当铺了，恐怕再

① 斯金纳：也有剥皮者的意思。

也赎不回来了。”

几个赶车的围着他，一边听一边点头，都说的确是这么回事。于是他继续道：

“你们有自己的马和马车，或者跟了好心的老板，你们都有过上好日子的机会，有能力还帮帮别人。但我没有。我们超过一英里后，之后的四英里范围内每英里收费不得超过六便士。就在今天早上，我走了整整六英里，只收到三先令。回来没拉到客人，只好空着车回来，也就是说我的马跑了十二英里，我只得了三先令。之后拉了趟三英里的，客人带了一堆皮包和箱子，如果放在车厢外边，本来至少可以额外收两便士，但你们知道这些人是怎样的，他们把能堆在车厢前座上的东西全堆进去了，只有三个大箱子放在车顶，只算六便士，车费是一个先令六便士。回来的路上我又挣了一先令。相当于马跑了十八英里，我只挣了六先令。我还得靠这匹马再挣三先令，下午那匹还要再挣九先令，有多出来的才算我的。当然也不是天天都那么倒霉，但你们知道这是常有的事。我说你要让赶车的不把马累趴下，那简直就是胡扯。马累到走不动的时候，只有鞭子才能让它的腿动起来——你没得选，你得先考虑老婆和孩子，让车行老板去考虑马的问题，我们是没办法的。我不是故意糟蹋马，你们没人可以这么说我。我处处不如意，一天也不得休息，不能清清静静地陪老婆、孩子待上一个小时。我经常感觉自己像个老头子，虽然我才四十五岁。你们知道好些上等人怀疑我们糊弄他们，多收他们钱。唉，他们站在那儿攥着钱包，把车钱一分一厘都算个清楚，看着我们的眼神好像我们是扒手。真希望让他们也每天来驾驶座上坐十六个小时，不管刮风下雨，每天上交十八先令不说，还得靠这个糊口，也许他们就不会斤斤计较到连六便士的硬币都要当零头抹掉，或者把所有行李都塞进车里。当然了，有些人时不时地会多给些赏钱，不然我们就活不下去了，但不能靠赏钱过活啊。”

围在他身边的人都很同意他的话，其中一个说：“这日子过得连点儿盼头都没有，所以一个人有时犯点儿错误，也很正常——多喝两口酒，谁又能怪他呢？”

杰瑞没有参与这些对话，但我从没见过他的神情如此忧伤。长官本来双手插在口袋里面站在那儿听，现在把手帕从帽子里掏出来，擦了擦额头。

“我说不过你，山姆，”他说，“因为你说的都是真的。我再也不拿进警察局那话说你了。我只是看到那马的眼神太不忍心了。在这行当里，人命苦，马也命苦。谁能来改改这现实呢？我不知道。但不管怎么说，你可以跟这头可怜的牲口说说，你逼着他干活，你也很难过。有时候我们能做的只是跟他们说句好话，可怜的牲口，还真是奇怪，他们都听得懂。”

在几天后的一个早晨，一个新车夫赶着山姆的马车来到了车站里。

“喂！”有个人问，“破烂山姆怎么啦？”

“他病倒了，”那人说，“昨晚他被抬回马房院子，连爬回家的力气都没了。今早他妻子叫一个男孩来说他父亲发高烧，起不了床。所以我就来替他。”

第二天早晨，那个人又来了。

“山姆怎么样了？”长官问。

“他走了。”那人说。

“什么，走了？你不会是说他死了吧？”

“就是断气了，”另一个人说，“今早四点钟死的，昨天一整天都在说胡话——骂斯金纳害了他，不给他休息。‘我一天都没休息过’，这就是他最后一句话。”

一时间谁也没说话。然后长官说：“伙计们，我说，这是给我们都敲响了警钟啊。”

第四十章　可怜的辣姜金杰

一天，我们的马车和其他马车一起在公园门口待客，公园里有乐队在演奏。一辆破旧不堪的马车走过来停在我们旁边。拉车的是一匹栗色老马，一副精疲力竭的样子。她的皮毛没有了光泽，身上瘦得骨头根根凸现。她连膝盖都伸不直，前腿直打战。我正在吃干草，一阵风把一小束草卷了过去，那匹可怜的马就伸出她又长又瘦的脖子把草捡起来吃了，然后把头转过来看还有没有。我不禁注意到那双黯淡的眼中透出一股绝望的眼神，然后我就想，我在哪里见过这匹马？她直盯着我，说："黑骏马，是你吗？"

是辣姜金杰！她变化可真大啊！过去她的脖颈是一个优美的弧形，皮毛油亮光滑，现在却又僵又直，毛发稀薄，身体消瘦；过去光洁修长的腿和精致的蹄后球节，现在都浮肿着，由于繁重的工作，关节也都变形了。她那张曾经充满活力与生机的脸，现在却写满了苦难。从她起伏的两肋和停不下来的咳嗽，我还看出她的呼吸也不好。

我们的赶车人都走去一边站着，于是我往她身边走了一两步，好悄悄地跟她聊一聊。她的故事让人十分难过。

在厄尔夏庄园休养了一年，人们觉得她又可以干活了，于是就把她卖给了一位先生。开始的一段时间她都过得很好，但在一次长时间的快跑后，她旧伤复发，休养和治疗了一段时间以后，她又被卖掉了。就这样，她被转手了很多次，境况一次比一次差。

“最后，”她说，“一个有很多马车和马的人买了我，他的车、马都是用来出租的。你看起来生活得不错，我为你感到高兴。我简直没法告诉你，我的生活是什么样的。他们发现我有旧伤的时候，说买我买亏了，干脆让我去拉最差的马车，榨干算了。他们就是这么做的，用鞭子抽我，逼着我干活，从来不想想我吃的苦。他们说，他们花了钱，就该让我把这些钱再赚回来。现在拉我赶车的人每天给车行主一笔钱，所以他也要把这笔钱从我身上赚回来。我就一周接一周地干活，从来没有一个礼拜天可以休息。”

我说：“以前有人虐待你的时候，你都会反抗的。”

“唉！”她说，“我反抗过一次，但是没有用。人是最强壮的，当他们又残忍又冷血的时候，我们怎么反抗都没用。只能忍受下去，一直忍到最后。我希望最后一天快点儿到来，我希望我能死掉。我见过死马，我相信他们再也不会受苦了。但愿我在干活的时候倒下去就死掉，我不想被送去剥皮割肉的屠宰场。”

她的故事让我十分伤心，我只能把鼻子凑过去，但说不出话来安慰她。我想她看到我是很高兴的，因为她说：“我这辈子只有你一个朋友。”

就在这时她的赶车人过来了，把她的嘴一扯，让她走出车队，就赶着车走了。只剩下我在那里心痛不已。

没过多久，我看到一辆拉货车载着一匹死马从我们车站路过。死马的脑袋在车后面垂着，了无生气的舌头正在一滴滴往下淌血，还有那两只深陷的眼睛！我无法再描述下去，那幅情景实在太恐怖了。那是一匹栗色马，脖子又细又长，在马的额头上，我看见一道白色条纹。我相信这就是辣姜金杰。我希望这就是她，这样她的苦难就结束了。唉！要是人们慈悲一点儿的话，就应该在我们流落到这种境地之前开枪把我们打死。

第四十一章　肉店老板

我在伦敦见到过很多活得很辛苦的马，但只要有点儿常识，很多操劳都是可以避免的。如果人们合情合理地对待我们，我们并不介意多干点儿活。我能肯定很多给穷人拉车的马比我给 W 伯爵夫人拉车的时候要幸福得多，虽然我当时戴的是镶银的挽具，吃的是精细的马料。

我常看到一些小矮马的遭遇，让我心里很难受，他们使出全身力气拉着沉重的货物，或者被那些地位低、下手狠的小伙计无情地鞭打。一次我看见一匹灰色矮种马，长着厚实的鬃毛和小巧漂亮的脑袋，和欢蹄梅里十分相像，要不是在拉车，我早就对着他开心地咴咴叫了。当时他在吃力地拉一辆沉重的货车，一个强壮、粗野的小伙计用鞭子抽他的肚子，还残忍地猛扯他的嘴。会是欢蹄梅里吗？

看起来很像是他，但布鲁姆菲尔德先生是永远都不会把他卖掉的，我想他是不会这么做的。但这个小矮个儿也是个可爱的家伙，他年轻的时候一定也有过爱他的家庭。

我发现屠夫的马经常被赶得拼命地跑，但从来搞不懂为什么，直到有一天我们在圣约翰伍德等客人的时候，我才明白过来。我们站在一家肉店的隔壁，只见他家的马车一阵风似的跑了过来。马儿累得浑身发热，看起来已经筋疲力尽，只能无力地耷拉着脑袋，喘得两肋起伏不停，四条腿直打战，看得出赶车的赶得有多急。小伙计从车上跳下来，正要去拿篮子，店老板就气呼呼地从店里走出来，看了看马，朝着小伙计吼道：

“我告诉过你多少遍，不许把车赶得那么急！之前那匹马就是被你赶废了，最后气管病再也好不了，现在你还那样，这匹也得毁在你手上。你要不是我儿子，我立马叫你滚蛋。把马累成这样回到店里，真亏你有这个胆量，这么赶车，警察该把你关起来才对。要真关进去，别指望我来保你，我说你说得嘴都干了，自己注意点儿行不行？”

男孩站在一边挨这顿训，憋屈得脸拉了老长。他父亲刚说完，他就生气地嚷嚷起来，说这不是他的错，根本不该训他，他一直都是按吩咐送的。

“你老是说‘赶紧去，利索点儿！’等我上了门，这家提前做午饭，要一条羊腿，我必须在一刻钟内送到；那家厨子忘了订牛肉，立等我跑去取来，不然就要挨女主人骂；或者就是管家说家里忽然来了客人，要赶紧送点儿排骨过去。新月街四号那位女士，从来都是等午饭的肉送到了，才定下来晚上的。没办法，我只能来来回回地赶个不停。如果这些老爷太太们能想好要什么，提前一天订好，我也不至于忙得团团转！”

“我向老天爷祈祷，他们真能那样就好了，”屠夫说，“那我得少多少麻烦啊，如果能提前知道我的客人们要什么，我也能好好给他们准备准备——算了，光说也没用，谁会想着给屠夫行方便，给肉店的马省力气呢？行了，把马牵进来，好好打理打理。记住了，他今天不能再出去跑了，要再送货的话，你就自己拿着篮子去送。”说完他就回店里去了，马也被牵走了。

但也不是所有的小伙计都是残忍的。我见过的几个就非常喜欢他们的小马或驴子，把他们当自己的宠物狗看待。小牲口们也心甘情愿、开开心心地给他们的小驾车手拉车，就像我和杰瑞一样。有时干活的确苦，但有了朋友的爱抚和安慰的话语就轻松多了。

一个男孩经常到我们街上卖蔬菜和土豆，他有一匹老矮脚马，长得不太漂亮，但却是我见过的最开心、最活泼的小矮子，看着这对好哥俩，真让我心里暖暖的。这匹矮脚马就像狗儿一样，到哪儿都跟着他的主人，一套上马车，不用主人挥鞭子，也不用发话，他就嘚嘚嘚地在街上小跑起来，那副欢天喜地的模样，就好像他是从女皇的马厩里出来的一样。杰瑞很喜欢那个男孩，把他叫作“查尔斯王子”，说他有一天会成为车夫之王。

还有一个老头，在我们街上赶着一辆小煤车卖煤；他戴一顶运煤工人的帽子，模样贫苦，从头到脚都是煤灰。他和他的老马经常慢悠悠地走在街上，就好像一对心有灵犀的老搭档。马儿自己会在要买煤的人家门口停下，等人从车上卸煤；他的一只耳朵总是转向主人那边。不等他们走近，整条街都能听到老人的叫卖声。我从来没听懂他喊的是什么，但小孩都叫他“老——巴伙”，因为听起来他就是这么叫的。波莉也从他那儿买煤，对他非常和气。杰瑞说一匹老马在穷人家也能那么快乐，想想都很宽慰。

第四十二章　选举

一天下午我们刚进院子，波莉就出来说："杰瑞，B先生来问过你投谁的票，还有，他想雇你的车去拉选票，他之后再来问你的回话。"

"这个嘛，波莉，你就告诉他，我的马车已经被人雇了。我可不想让他们把我的马车贴满大海报，更不想让杰克和上尉跑去酒吧里接那些喝得半醉的选民，这对我的马是种侮辱，不行，我可不干。"

"我想你会给那位先生投一票吧？他说他的政治主张和你的一样。"

"有些地方是一样，但我不会投票给他。波莉，你知道他是干哪行的吗？"

"知道。"

“唉，干这行发财的人，可能在有些方面的确很强，但他看不到劳动者需要什么。我不能帮着把他选上去，让他来制定法律，我的良心不许我这么干。我敢说他会很生气，但每个人都必须做他确信对国家最有益的事。”

选举前一天的早上，杰瑞正在给我套车，这时多丽哭哭啼啼地跑进院子，身上的蓝色连衣裙和白围裙都沾满了泥土。

“哎呀，多丽，你这是怎么了？”

“那些坏男孩，”她抽泣着说，“往我身上扔泥块，还说我是小叫——小叫——”

“他们说她是蓝派小叫花子，爸爸，”哈利生气地跑进来说，“我已经用鞭子好好地教训了他们一顿，让他们永远忘不了，这群以大欺小的橙派恶棍。”

杰瑞吻了吻他女儿，然后说：“快去找妈妈，宝贝，告诉她，我觉得你今天还是待在家里吧，给你妈妈帮帮忙。”

然后他严肃地转向哈利，说：

“我的儿子，我希望你会一直保护你的妹妹，谁欺负她你就给他吃顿鞭子——就该这样。但记住，我家里不许有帮派恶棍。外面有许多蓝派恶棍、橙派恶棍，还有白派、紫派和其他颜色的恶棍，我不希望我的家人也掺和进去。现在就连妇女和小孩都随时为这个帮那个派吵起来，但他们十个里只有一个知道到底是怎么回事。”

“爸爸，我觉得蓝色代表的是自由。”

“我的孩子，自由并不由颜色来决定，颜色只能代表政党，而你从各种颜色中得到的自由，只不过是拿别人的钱去喝个大醉的自由，坐辆破旧马车去投票站的自由，辱骂不支持你那一派颜色的人和为一些你只知道个大概的口号把嗓子都喊哑，那就是你的自由。”

“啊，爸爸，你在开玩笑吧。”

“不，哈利，我是认真的，他们本应有点儿见解，这么闹下去真让我觉得丢脸。选举是一件严肃的事情，至少应该是一件严肃的事情，每个人都应该用良心来投票，并且让自己的邻居也这么做。”

第四十三章 偶遇贵人

选举日终于到了。生意多得我和杰瑞都忙不过来。先是一位提毛毡旅行袋的又壮又胖的先生要去主教门车站，然后一伙人叫我们把他们送去里根公园，接着我们在边道上接了一位腼腆、焦急的老太太，她要去银行，然后我们在银行门口等着再把她送回去。刚把她放下，一位红脸膛的先生拿着一沓文件，上气不接下气地跑过来，杰瑞还没下车，他就打开车门，一屁股坐进去，喊道：“弓街警察局，快！”然后我们就送他去了。又跑了一两趟以后，我们回到车队，这时一辆车也没有了。杰瑞给我挂上饲料袋，说：“这种时候我们有时间就得吃点儿东西，大口大口地吃吧，杰克，抓紧时间，老伙计。”

这顿饭是加了水的碎燕麦拌上一点儿糠麸糊糊，在任何时候这都是一顿美餐，吃完感觉特别精神。杰瑞对我真好，真体贴——这样的主人，哪匹马不会为他鞠躬尽瘁？这时他掏出波莉做的肉馅饼，站在我旁边吃了起来。街上很拥挤，出租马车上涂着不同候选人的颜色，在人群里横冲直撞，就好像人的生命安全根本无关紧要似的。那天我们看见两个人被撞倒，其中一个还是妇女。那些马儿要倒霉了，真可怜！但马车里赶着去投票的人才不管这些，好多都已经喝醉了，看见有同党经过就趴在马车窗户上大呼小叫。那是我见过的第一次选举，我再也不想见第二次，虽然听说现在已经大有改观。

杰瑞和我还没吃上几口，就见一位可怜的年轻妇女抱着一个很重的孩子从街上走过来。她这边看看，那边看看，像是找不着道儿了。这时，她朝杰瑞走了过来，问他去圣托马斯医院怎么走，还有多远才能到。她是早晨从乡下过来的，她说，搭的是做生意的货车，不知道是选举日，又在伦敦人生地不熟。她跟医生约好了要给她的小男孩看病。那孩子很憔悴，有气无力地抽泣着。

"我可怜的孩子！"她说，"他可难受了，都四岁了还只能像个婴儿一样爬，但医生说如果我能把他送进医院的话，兴许还能治好。求求你，先生，还有多远？是往哪边走？"

"唉，女士，"杰瑞说，"街上这人挤人的，你是走不过去的！那儿还有三英里远呢，孩子又那么重。”

“是啊，愿上帝保佑他，他是很重，但我有力气。感谢上帝，只要知道路，我想我怎么也能到得了。请告诉我怎么走吧。”

“这样不行，”杰瑞说，“路上你就会被撞到，孩子会被人踩到。来，上我的马车，我来把你安安全全地送去医院。你没看见要下雨了吗？”

“不，先生，不，我不能坐你的马车，谢谢你，我只有够我回去的钱。请告诉我怎么走吧。”

“你看，女士，”杰瑞说，“我家里也有妻子和可爱的孩子，我知道当父亲的感觉。你就上车吧，我把你送去，不收你的钱。让一个妇女和生病的孩子冒那样的险，那种事我做不出来。”

“上帝保佑你！”那位妇女说着，泪水就涌了出来。

“好了，好了，振作起来，亲爱的，我马上就送你过去。来，我帮你上车。”

杰瑞刚把门打开，两个男人——帽子上装饰了党派的颜色，纽扣孔里也插了同样颜色的花儿——跑过来，嘴里喊着：“出租车！”

“有人了！”杰瑞大声说。但其中一个男人已经冲到那个妇女前面，蹿进马车，后面一个也跟了上去。杰瑞的眼神就像警察一样严厉："这车已经有人了，先生们，这位女士租了。"

"女士！"一个男的说，"噢！她可以等，我们的事情很重要，而且是我们先上的车，这是我们的权利，这车我们坐定了。"

杰瑞莞尔一笑，把车门关上，说："好啊，先生们，你们愿在里面待多久就待多久，你们好好歇着吧，我可以等。"然后转过身，朝那个妇人走去，站在她旁边。"他们一会儿就会走了，"他笑着说，"别担心，亲爱的。"

那两人很快就走了，他们看出来杰瑞果真撂挑子不干了，只好下车，还用各种难听的话骂他，威吓他说已经把他的车牌记下来了，要去告他。这个小插曲过后，我们迅速出发去医院，尽量钻胡同，走小路。到医院后，杰瑞替那个妇人敲了铃，再扶她下车。

"真是太感谢了，"她说，"我自己走的话根本到不了这里。"

"不用客气，我希望你的孩子能早一些好起来。"

他看着她进了门，轻声对自己说："这样做我就帮助到别人了。"[①]然后他拍拍我的脖子，每当遇上高兴事的时

① 这一句的原文来自《马太福音》："我实在告诉你们，这些事你们即便做在我这个弟兄中一个最小的身上，就是做在我身上了。"

候，他都会这么做。

雨忽然就下下来了，就在我们要走的时候，医院门打开了，门房大喊：“马车！”我们停住了，一位女士从楼梯上走下来，杰瑞立刻就认出了她。她撩起面纱，说：“巴克！耶利米·巴克！是你吗？在这里遇见你真高兴。我正需要你这样一个朋友，今天在伦敦城里想找一辆出租马车可真不容易。”

“很荣幸能为你服务，夫人，我也很高兴我碰巧来了这里。你要去哪里呢，夫人？”

“去帕丁顿车站，然后如果我们来得及的话——我想时间是够用的，你得跟我讲讲波莉和孩子们的事。”

我们提前到了车站，站在雨淋不到的地方，那位夫人跟杰瑞说了好一会儿话，我才知道原来她以前是波莉的女主人。问了很多关于波莉的问题后，她说：

“冬天拉马车你能受得了吗？我知道去年波莉很为你担心。”

“是啊，夫人，她是很担心。我咳嗽得厉害，一直到天气变暖后才好。我要是回去得晚，她就自己担心得不行。你看，夫人，拉起车来是不论日夜不管天气好坏的，得全靠过硬的体质。但我现在感觉很好，要是没有马匹来给我照料，我还感觉空荡荡的。我生来就是照料马的好手，恐怕叫我干别的还干不好呢。”

“好吧，巴克，”她说，“为了干这份工作，你得拿你的健康来冒险，真可惜。但是为了你，也为了波莉和孩子们考虑，有很多地方需要好车夫和马夫，什么时候你决定不干出租马车的活儿了，你就告诉我。”然后，她请杰瑞转达她对波莉的问候，往他手里放了点儿东西，说：“给两个孩子的，一人五先令，波莉知道这钱该怎么花。”

杰瑞道谢后显得十分欣慰，然后我们走出车站。最后终于回到了家，我早就累坏了。

第四十四章　老上尉和接班人

老上尉和我是好朋友。他是一匹高贵的老马，有他的陪伴是件乐事。我从没想过他会离开这个家，然后过得一天不如一天，可是，这回轮到他了。当时我不在场，是后来听别人说的。事情是这样的：

他和杰瑞送了一车人去伦敦桥上的大火车站，在回来的路上，走到桥和纪念碑之间的时候，杰瑞看到一辆酿酒商的平板货车驶来，拉车的是两匹高头大马，但车是空的。赶车人挥起沉甸甸的鞭子就抽打马儿，货车很轻，于是两匹马用惊人的速度狂奔起来，赶车人根本拉不住他们，街上又十分拥挤；一个年轻的女孩被撞倒了，马车还从她身上碾了过去。紧接着，这辆马车就冲过来和我们迎头相撞。我们的两个轮子都被撞飞了，车身也被顶翻了。上尉被拽倒，车杆断裂，其中一根插进了上尉的肋部。杰瑞被甩出车去，但只受了点儿轻伤。没人知道他是怎么幸免于难的，他总是说那是个奇迹。当可怜的上尉站起来的时候，人们才看到他身上有很多处划伤和淤青。杰瑞牵着他慢慢地走回了家，鲜血把他白色的皮毛都浸湿了，肋部和肩膀还在不停地滴血，实在悲惨。后来查明，那个人赶车的时候已经烂醉，他被罚了款，酿酒商还得给我们主人赔偿损失，但没有人来赔偿可怜的上尉的损失。

马医和杰瑞尽量帮他减轻疼痛，让他过得舒服些。马车得拿去修，我好几天都没出门，杰瑞也就一分钱都没赚到。事故发生后我们第一次去车队，长官就过来问上尉的情况。

“他恢复不过来了，”杰瑞说，“至少拉车这活是不能干了，马医今早就是这么说的。他说只能去拉拉货车那些。我一听就被气坏了。拉货车！真是的！我见过在伦敦拉货车的马最后会到什么地步。我只希望把所有的酒鬼都关进疯人院，不让他们在街上乱窜，连累清醒的人。如果他们愿意折断他们自己的骨头，撞碎他们自己的马车，让他们自己的马变成瘸子，那是他们自己的事，不要把我们牵扯进去。但我看，无辜的人总是受害，然后他们又来说什么赔偿金！怎么可能赔偿得了——造成那么多麻烦，叫人多么痛苦，还浪费时间，而且，还失去一匹像老朋友一样的马——谈赔偿就是在胡扯！如果说我能让哪个魔鬼被打下十八层地狱的话，我希望是醉鬼。”

“我说，杰瑞，”长官说，“你这么说是在打我的脸啊，你知道的。我做得不如你，说起来真丢脸，我是想改好的。”

“是啊，”杰瑞说，“你为什么还不和酒精一刀两断，长官？你这么好的人不能做这东西的奴隶啊。”

“我是个大傻瓜，杰瑞，我试过两天不沾酒，结果难受得快死了。你是怎么做到的？”

“我可是苦苦抗争了好几个星期，你看，其实我从来没有喝醉过，但我觉得我不能控制住自己的意愿了，当酒瘾上来的时候，想要拒绝十分困难。我发现，这是我和魔鬼之间的一场你死我活的较量，最后胜利的要么是引诱我喝酒的魔鬼，要么就是杰瑞·巴克。我说杰瑞·巴克一定要赢，求上帝帮助我。这是一场激烈的较量，我一个人几乎坚持不下来。因为当我试着戒除这个习惯的时候才发现有多难。但波莉耐心地给我做好吃的，瘾上来了我就喝杯咖啡，吃点儿薄荷糖，把书拿来朗读一会儿，这对我的帮助很大。有时我必须一遍一遍地对自己说：‘你要酒还是要你的灵魂？你要酒还是波莉的心？’感谢上帝，还有我亲爱的妻子，禁锢我的锁链被打破了，到现在已经十年了，我一滴酒都没喝，也不想喝。”

“我也很想试试戒酒，”长官说，“因为连自己都管不住，真是丢脸。”

“戒了吧，长官，把酒戒了，你永远都不会后悔的。我们车队里那些下不了决心的人要是看见你都戒了，他们肯定就有信心了。我知道，有两三个家伙正在努力，再也不靠近酒馆了呢。”

一开始上尉大概是挺住了，但他已经是一匹老马了，全靠体格强壮，杰瑞也照料得周到，所以才拉了那么多年的车。现在他整个都垮了。马医说可以尽量治一治，最后够卖上几英镑，但杰瑞说，不行！为了几英镑就把自己忠心耿耿的老仆人卖去干苦力，过悲惨的日子，这会让他的钱都霉烂掉。他觉得他能力范围内最仁慈的做法就是往上尉的心脏上开一枪，让他再也不用受罪了，因为杰瑞不知道到哪里去找一个能让上尉安度余生的新主人。

做出这个决定后的第二天，哈利带我去铁匠铺打新马掌。回来以后，上尉已经不见了。我和家里人都非常难过。

现在杰瑞得去再找一匹马，他从一个在贵族家马厩里给马夫打下手的熟人那里听说有那么一匹马，很值钱，很年轻，一次脱缰乱跑，撞了一辆马车，还把老爷甩了出去，自己也伤得皮开肉绽，所以再也不能在有地位的人家待了。车夫受命去到处问问，能卖个好价钱最好。

“我能管得了精力旺盛的马，”杰瑞说，“只要这马性格不坏，嘴巴也不硬就行。”

“他可一点儿也不坏，”那人说，“他的嘴巴非常嫩，我自个儿觉得就是为这个才出的事。你看，他身上的毛刚被修剪过，天气又不好，运动量也不够，一出去就精神饱满得像个吹足气的气球。我们头儿——就是我们马夫头儿——把挽具系得又紧又结实，又是颌缰，又是支头缰绳，还有尖锐的勒链，缰绳还拴在横条衔铁的颊杆上。但马儿嘴巴嫩，体力又旺盛，我相信就是这些东西逼得马儿发了狂。”

“多半是这样。我来看看他吧！”杰瑞说。

第二天，急性子——这是那匹马的名字——就来到了家里。他是一匹英俊的褐色马，身上一根白毛都没有，身高和上尉一样，脑袋非常漂亮，年纪只有五岁。我友好地问候了他，为了以后能成好朋友，但没问他任何问题。第一晚他非常躁动不安，不好好躺下睡觉，却一直把牵马笼头的绳子上下扯动，搞得绳圈在木杆上来回摩擦，又拿脑袋不停地撞马槽，闹得我也睡不着。但第二天，他套着马车跑了五六个小时，回来就变得安静又理智了。杰瑞拍拍他，又跟他讲了很多话，很快他们就能互相理解了。杰瑞说换个简单的衔铁，让他有足够的活儿干，他就能温顺得像一头绵羊。真是塞翁失马，焉知非福，那位老爷损失了价值一百个金币的爱物，一个赶车的却得了一匹正值壮年的好马。

急性子觉得来拉出租马车大大降低了他的身份，也不情愿站在车队里。但一个星期过去后，他对我坦言说嘴巴不受束缚，主人动作又轻巧，让他心里好受多了。毕竟，比起把脑袋和尾巴紧紧地和马鞍拴在一起，这工作也不算太丢人。其实，他很快就安下了心，杰瑞非常喜欢他。

第四十五章　杰瑞的新年

对别人来说，圣诞节和新年都是欢乐的时光，但对于赶出租马车的人和拉车的马来说，虽然也许算得上生意兴隆，但并没有假日的享受。有那么多的聚会、舞会和各种娱乐场所都在开放，我们的活儿很多，经常忙到很晚。有时车夫和马都得挨着雨淋、耐着霜冻等好几个小时，在寒风里冷得瑟瑟发抖，而那些快活的人儿还在舞池里翩翩起舞。我不知道那些美丽的夫人会不会想到疲劳的车夫一直守在驾驶座上，他的马儿也耐心地站在原地，腿儿都被冻僵了。

现在晚上的活儿大多都由我来干，因为我已经站习惯了，杰瑞也怕急性子会感冒。圣诞节的一个星期里我们经常加夜班，杰瑞的咳嗽也因此加重了。但不管多晚，波莉都一直等着，我们回来她就提着灯笼来接杰瑞，满脸的心焦与不安。

新年的晚上，我们得把两位先生送去西区一个广场的住所。我们九点钟送到地方，他们让我们十一点再来一趟。“但是，”其中一位先生说，“我们要打牌，所以可能你们得等上几分钟，但别迟到。”

十一点的钟声敲响时，我们来到了门口，杰瑞向来准时。接着钟声又报了十一点一刻、两刻、三刻，到十二点的钟声敲响时，门还没开。

那天风向变化无常，白天狂风骤起，现在变成凛冽的雨夹雪，被狂风卷着往四面八方吹过来。气温很低，又没地方避雨。杰瑞从驾驶座上下来，把我的雨布往我脖子上拉一拉。然后他跺着脚走了一两圈，又甩甩手臂拍拍胳膊，却搞得又开始咳嗽。于是他拉开马车门，坐在座位上，脚还踩在人行道上，算是避避风雨。钟又一刻钟接着一刻钟地敲过了，还是没人来。到十二点半的时候，他拉了门铃，问仆人今晚还要不要车。

“噢！要的，肯定一会儿就来叫你了，”那人说，“你可别走，已经快结束了。”杰瑞又坐了下去，他的声音已经嘶哑得我快听不清了。

一点过一刻的时候，门开了，两位先生出来了。他们只告诉杰瑞要去哪，然后就一声不响地坐上了马车。路途大约两英里，我的腿都冷得麻木了，我真担心不小心摔倒。两人下车时，没为我们等了那么久说一句道歉的话，还发火嫌车费太贵。但是杰瑞从来都按规定收钱，从不多收，别人也不可以少给，他们必须为那等待的两小时一刻钟付钱。对于杰瑞来说，这钱挣得真不容易。

最后，我们回家了。他已经连话都说不出来，只能惊天动地地咳嗽。波莉什么也没问，只是打开门，给他举灯笼照路。

“要我做点儿什么吗？”波莉说。

“是的，给杰克弄点儿热东西吃，然后给我煮碗粥。”

他哑着嗓子，声音小得就像悄悄话。尽管他已经气都喘不过来了，但还是和平常一样给我擦洗了一遍，还爬到干草棚上给我多拿了些干草来垫着睡。波莉给我喂了热腾腾的糠麸糊糊，我吃完后很舒服，他们就锁上门走了。

第二天上午已经很晚了才有人来马厩里，而且只有哈利一个人。他给我们刷洗、喂食，把马厩扫干净，然后又把干草放进来，就好像今天是礼拜天一样。他很沉默，既没吹口哨，也没唱歌。中午他又来了，给我们添料喂水，这次多丽也跟着他来了，她一直在哭，从他们的谈话里我听出来杰瑞病得很重，医生说很难医得好。两天过去了，家里阴云密布。我们只见得到哈利，有时候还有多丽。我想她是为了有人陪她，因为波莉必须一直守在杰瑞身边，而且他需要静养。

第三天，哈利来马厩的时候，有人敲门，然后长官格兰特走了进来。

“我就不进家了，我的孩子，”他说，“但我得问问你爸爸怎么样了。”

“他很不好，”哈利说，“糟糕透了，他们说是支气管炎，医生说能不能挺过来就看今晚了。”

“太糟了，太糟了！”格兰特摇着头说，“我听说上周有两个人得这病死了，没拖几天就完了。但只要人还在就还有希望，你千万别灰心。”

“好的，”哈利飞快地说，“医生说爸爸比大多数人希望大，因为他不喝酒。他说昨天发烧温度那么高，如果是爱喝酒的人，早就已经烧成个火球了。我觉得医生有把握让爸爸好起来，你觉得爸爸能好起来吗，格兰特先生？”

长官被问得愣住了。

“如果好人注定有好报的话，我能肯定他会好起来，我的孩子，你爸爸是我认识的最好的人了。我明早再来看看他。”

第二天一大早他又来了。

“怎么样了？”他问。

“爸爸好些了，”哈利说，“妈妈希望他快点儿好起来。”

“感谢上帝！”长官说，“你要好好给他保暖，让他别多想。这下倒让我想起这些马来了。你看，杰克最好在暖和的马厩里待一两个星期，你带他去街上来回走动走动，活动一下腿脚，这一点儿也不麻烦。这匹年轻的呢，如果不干活的话，血性立刻就上来了，就像你说的，到时候你就收拾不了了，而且一出门就可能闯祸。”

“我现在就注意着了，”哈利说，“我已经给他少喂谷物了，但他还是安静不下来，我不知道拿他怎么办才好。”

“我就说嘛，”格兰特说，“这样吧，你告诉你妈妈，如果她同意的话，我每天过来带他出去接活儿，给他拉够时间，直到你们有新的办法为止。他赚的钱，不管有多少，我都交一半给你妈妈，这样也能多少赚点儿马料钱。我知道你爸爸入了一个很好的工会，但那也养不起这些马，他们这样只能光花钱不能生钱。我中午再来听她的回话。”然后他不等哈利道谢就走了。

到中午，我想他去见过波莉了，因为他和哈利一起来了马厩，给急性子套上挽具，就把他带走了。

在之后的一个多星期里，他每天都来带急性子去干活，每次哈利感谢他，或是提到他对他们的帮助时，他总是一笑了之，说走运的是他，他的马早就该休息休息了，却一直没机会。

杰瑞一天天好起来，体力逐渐恢复，但医生说他要想好好地活到晚年的话，就再也不能去赶出租马车了。孩子们经常在一起研究爸爸妈妈以后会怎么办，他俩该怎样帮着赚钱。

一天下午，急性子回来的时候身上是湿的，还有很多泥点儿。

“街上全是化了一半的雪，”长官说，“这活儿可以让你暖暖身子了，我的孩子，给他洗干净，还要擦干。”

“好的，长官，”哈利说，“我一定把他收拾干净了才走，你知道，我是我爸爸教出来的。”

“我希望所有的男孩都能教成你这样。”长官说。

哈利用海绵给急性子擦去身上和腿上的泥浆时，多丽进来了，仿佛有什么心事。

“谁住在费尔斯托，哈利？妈妈收到一封费尔斯托来的信，她看起来很高兴，还拿着信跑去楼上给爸爸看。”

“你不知道吗？哦，那是福勒太太住的地方，就是妈妈以前的女主人，你知道的。爸爸去年夏天还碰见她，她给了我们每人五先令。”

“哦！是福勒太太，我当然知道她。不知道她给妈妈写信是有什么事。”

“妈妈上周给她写过信，”哈利说，“你知道，太太对爸爸说过，如果他不干赶出租马车的活儿了，一定要告诉她。真想知道她说了些什么，快跑去看看，多丽。”

哈利唰唰唰地给急性子刷洗，熟练得就像个老马夫。

几分钟后，多丽欢蹦乱跳地回到马厩里。

“啊！哈利！好运气从天上掉下来了！福勒太太说我们都要搬去她家旁边，那儿有个小屋空着，刚好够我们住，还带着花园、鸡舍、苹果树和其他好多东西！她家的车夫春天就要走了，她想要咱爸去替他的位置。周围还有很多好人家，你可以去他们的花园或者马房里打工，或者当听差。我还可以去那里一所很好的学校读书。妈妈这会儿又是哭又是笑，爸爸看起来真的很高兴！”

“真是难得的好运气，”哈利说，“要我说，真是好事情，对爸爸妈妈来说都称心，但我不打算穿紧身制服，扣一大排扣子去当听差，我要做马夫或者园丁。”

这事就定下来了，等杰瑞好得差不多的时候他们就搬家去乡下，所以马车和马都得赶紧卖掉。

这个消息对我来说是一个打击。因为我已经不年轻了，体力只可能越来越不好。自从离开伯特威克庄园后，我从来没遇到过杰瑞那么好的主人，也没那么幸福过。但拉了三年的出租马车，即使被照料得很好，体力也还是一天不如一天。我感觉自己已经不是当年那匹身强力壮的马了。

格兰特立刻就说他要买急性子，车队里也有人表示想要买我，但杰瑞说我不能再去拉出租马车了，跟任何人都不行。长官答应他给我找个能过好日子的地方。

离别的一天到来了。杰瑞还不能走出家门，自从新年夜以后，我再也没见到过他。波莉和孩子们过来和我道别。“可怜的老杰克！亲爱的老杰克！我真希望我们能带上你一起走！”她说，然后她用手摸着我的马鬃，脸贴到我脖子上吻了吻。多丽也哭着吻了我。哈利摸了我好长时间，但什么也没说，只是看起来十分伤心。后来，我就被牵走，带去我的新家了。

第四部分

第四十六章　杰克斯与淑女

我被卖给了一个卖粮食的商人，也是个面包房老板。杰瑞和他认识，觉得我跟着他应该吃得好，活儿也不重。一开始他想的是对的，如果我的主人经常在店里的话，我想我就不会负担过重。但我们有个工头总是催着赶着所有人快点儿干活，经常是我的车已经装满了，他还叫人再堆些东西上去。赶货车的人叫杰克斯，他经常说我拉不了那么重的车，工头却一口驳回，说："跑一趟就能办好的事，没必要跑两趟，我们的生意可是要日行千里的。"

杰克斯就和其他赶货车的一样，总是用支头缰绳，让我拉车的时候有力气也使不出来。在那里待了三四个月，我就发现自己的体力已经明显下降了。

一天，我拉的货比平时都多，走到一段很陡的上坡路时，我使出全身的力气，却怎么也拉不上去，走几步就只得停了下来。我的赶车人不高兴了，鞭子狠狠地抽了下来。“走啊，你这个懒鬼，”他说，“小心我给你好看。”

我只能再拖起沉重的马车，挣扎着走了几步，鞭子又落了下来，我被迫再次挣扎着往前。又粗又长的马车鞭子抽得我身上剧痛无比，但我的心就和我那受鞭打的两肋一样疼。我已经尽全力在干活，却还要挨打受惩罚，这让我的心都碎了。当他第三次残忍地鞭打我时，一位女士走到他面前，用甜美、真诚的声音说：

“天哪！求你不要再打你的这匹好马了，我能肯定他已经尽力了，路那么陡，我相信他已经把全身的力气都使出来了。”

“都使出全身力气了还拉不上去，他就得使劲再使劲才行，我只知道这么多，夫人。”杰克斯说。

“可是，这马车太重了啊！”

“是的，是太重了，”他说，“但这不是我的错，我刚要走的时候，工头过来又加了三百英担的货，好给他省事。我没办法，只能拉着走。”

他又把鞭子举了起来，那位女士说：

“求你了，快住手，如果你允许的话，我想我能帮你拉车。”

他笑了起来。

“你看，”她说，“你没给他发挥能力的空间，像他现在这样脑袋被勒得后仰，是没法把全身的力气都用上的。如果你把缰绳松开，我敢肯定他能拉得动——你来试试！”她的话听起来很令人信服，“如果你能这么做，我会很高兴的。”

“好吧，好吧，”杰克斯无奈地笑了一声，“我当然愿意让一位女士高兴。你觉得该松开多少？”

“多多地松开一点儿吧，让他的脑袋能自由活动。”

支头缰绳解下来了，我立刻放松地把头垂到膝盖上。真舒服啊！然后我把头上下甩了甩，让僵硬、疼痛的脖子完全放松下来。

“可怜的家伙！这才是你想要的，”她用她的小手拍拍我，摸摸我，“现在如果你能好好地跟他讲话，温柔地指引他，我相信他会做得更好。”

杰克斯拿起缰绳：“走，小黑！”我低下脑袋，发足力量去拉马轭，一点力气都没省，车动了，我终于把车稳稳地拉到了坡顶，停下来喘口气。

那位女士从人行道走了上来，来到了马路上，她摸摸我，拍拍我的脖子，我已经很久没被人拍过和摸过了。

“你看，你给他机会的话，他是愿意尽力干活的。我一看就知道他是一匹脾气好的马，我还敢说他是有过好日子的。你不会再把支头缰绳系上了吧？”因为这时杰克斯正准备按老样子再把缰绳系上。

“夫人啊，我不能否认把他脑袋放松以后，他爬坡就上得去了，下次我也会记得，也很感谢你的帮助，夫人。但如果他不戴支头缰绳上街，其他货车车夫都会笑话我的，这会儿就流行这样，你知道的。”

“难道引领好的潮流，不比跟随坏的潮流更好吗？”她说，“现在很多绅士都不用支头缰绳了，我家拉马车的马都已经十五年不用支头缰绳了，干起活来，却是那些戴了支头缰绳的更容易疲劳。而且，”她用严肃的口吻补充道，“我们没有权利无缘无故地折磨上帝创造的任何一条生命，我们把他们叫作哑巴动物，他们的确是哑巴，因为他们没法告诉我们他们的感觉是什么，但不会说话并不代表他们承受的痛苦就更少。我不应该再耽搁你的时间了，谢谢你让你的好马试了我的建议，我能肯定这比鞭子好使多了。再见。”她再一次拍了拍我的脖子，便轻轻地穿过人行道，我再也没见过她。

“那才是一位真正的淑女啊，我敢发誓，”杰克斯自言自语地说，“她跟我说话那么客气，就好像我是一位绅士。我得试试她的建议，至少是在上坡的时候。”我必须公正地说，他把我的缰绳放松了好几扣，而且后来一爬坡就让我的脑袋解放出来。但马车上的货还是没少。工作繁重的时候，只要吃得好，休息得充分，就能让马恢复体力，但没有一匹马能一直承受超载的马车。渐渐地，我的身体彻底垮掉了，他们又买了另一匹年轻的马来代替我。我还要提一下，那段日子里我还受着另一种折磨。我听其他马儿说过，但自己之前从未经历过这种恶劣的对待，那就是昏暗的马厩，只在尽头有一扇很小的窗子，结果就是马厩里几乎一片漆黑。

这样的环境除了让我精神压抑以外，还严重削弱了我的视力，当我走出马厩时，就等于忽然暴露在刺眼的阳光下，我的眼睛会很疼。有几次我差点儿在门槛上摔倒，几乎看不清我要去哪里。

我相信要是在那里待的时间长一点儿，我会变成半个瞎子，那样的话可就太不幸了，因为我听人们说过，让全瞎的马拉车都比让视力有问题的马拉车更安全，因为这种马更容易受惊。幸好我在视力遭受永久性伤害之前逃离了那个地方，又被卖给了一个很大的出租马车行老板。

第四十七章　悲惨岁月

我永远都不会忘记我这个新主人，他长着黑色的眼睛和鹰钩鼻子，满口细密的牙齿，和斗牛犬一样。他的声音十分刺耳，好似车轮碾过碎石子路。他的名字叫尼古拉斯·斯金纳，我相信可怜的破烂山姆以前就是给他拉的车。

我曾听人们说，眼见为实，但我要说，感受过才是真的。虽然我以前见识也不少，但到现在才知道出租马车的生活能有多么悲惨。

斯金纳有很多破烂的马车和穷苦的赶车人，他压榨赶车人，赶车人又去压榨他们的马儿。在他手下，我们没有礼拜天休息，即使是当时的三伏天里。

有时在礼拜天的早晨，一群爱赶快车的人会把车雇上一整天，他们有四个人坐在车厢里，一个人来赶车。我得跑十到十五英里把他们带去乡下,然后再回来。爬坡的时候,不管坡有多陡,也不管天有多热,他们中的任何一个人都不会自己下来走。除非到了赶车的觉得我真的爬不动的地步。有时我浑身燥热,又累得不行,马料几乎一口都吃不下。我多怀念拌了芒硝的糠麸糊糊啊,以前周六天气热的时候杰瑞就拿这个喂我们,吃完又清凉又舒服。之后我们能连续休息两个晚上和一整个白天,到星期一早上就跟青壮年马儿一样生气勃勃了。但在这里是没有休息的,我的赶车人就和他的老板一样冷血无情。他有一种酷刑般的皮鞭,末端带一个锋利的头,有时一鞭子就见血。他连我的肚子下面都要鞭打,还往我的脑袋上抽。如此的羞辱让我万念俱灰,但我还是尽力去干活,一点儿不偷懒。因为,就像辣姜金杰说的那样,我们是没办法的,人是最强大的。

现在我的生活已经跌落到最悲惨的境地,我只愿自己能像辣姜金杰一样,在干活的时候倒下去死掉,一了百了。一天,我的愿望差点儿就实现了。

早上八点,我到了车队,拉了很多活儿,然后又要拉客人去火车站。一列长长的火车就要进站了,赶车人就把车停在外面的车队后面,好再拉一趟回去的客人。这列火车上人很多,前面所有的车都被雇走了,我们也被喊了过去。这是一家四口人,一个骂骂咧咧、看着挺凶的男人和一位女士，一个小男孩和一个小姑娘，还有一大堆行李。女士和男孩上了车，那个男人在指挥着搬行李的时候，小姑娘过来看看我。

“爸爸，”她说，“这匹可怜的马儿肯定拉不动我们再加上我们所有的行李，还要走那么远的路，他已经又累又虚弱了，来看看他呀。”

“噢！他没事的，小姐，”我的赶车人说，“他结实着呢。”

脚夫把他们那些又大又重的行李拉过来，然后问那位先生，他们行李那么多，要不要再叫一辆马车。

“你的马到底拉不拉得动？”那个一脸凶相的男人问。

“没事！先生，他拉得动。脚夫，把行李搬上来，比这多的他也拉得动。”然后他帮着把一个很重的箱子托了上去，我感到弹簧往下一沉。

“爸爸，爸爸，再叫一辆马车吧，”那个小姑娘哀求道，“我们这么做是不对的，我觉得这样太残忍了。”

“胡说，格蕾丝，快给我上车，别捣乱。我个大忙人雇车之前还得把拉车的马都检查一遍，岂不是笑话。人家干这一行的，说没事就没事。好了，上车，管住你的嘴巴！”

我那温柔的小朋友只有服从。一个接一个的箱子被拖过来，堆到车顶或者放在赶车人身边。终于一切就绪，赶车人和往常一样缰绳一扯，鞭子一挥，我们就走出了火车站。

马车十分沉重，我从早上开始就没吃过东西，也没休息过。但我还是一如既往地尽力而为，默默地忍受着残忍和不公的对待。

一直走到罗德门山都很顺利，但那时身上的重担和体力的消耗已经让我难以承受，赶车人猛扯缰绳带来一阵阵的刺痛，鞭子又频频落下，我还是只能挣扎着继续前行。忽然，我也不知道怎么了，我脚下一滑，重重地侧身摔倒在地上。这一跤摔得太突然，冲击力太大，摔得我一口气上不来。我躺在地上动弹不得，真的再也使不出一点儿力气。我以为这下我可以长眠了。我听到周围乱成一团，有人愤怒地吵了起来，还有行李往下搬的声音，但都好像在梦里一样。然后我听到了最甜蜜、最怜爱的声音对我说："哦！可怜的马儿！都怪我们。"有人过来把笼头上的喉勒松开了，然后把紧紧固定着马轭的皮带也解开了。有人说："他死了，再也起不来了。"然后我听到警察下令的声音，但我连眼睛都没睁开，只能隔一会儿勉强吸一口气。有人往我头上浇了冷水，还往我嘴里灌了提神的药水，又往我身上盖了点儿东西。我不知道在那里躺了多久，后来感觉我又活过来了，一个声音很温柔的人拍拍我，鼓励我站起来。他们又给我灌了些药水，我挣扎了一两次，终于摇摇晃晃地站了起来，被牵着慢慢地走去附近的一个马厩里。我被带进一个明亮的隔栏里，他们还给了我一些热乎乎的粥，我心怀感激地喝掉了。

到了晚上，我已经基本上恢复了，又被牵回斯金纳的马厩里，我想，他们也尽了力来照料我。第二天早上，斯金纳和一个马医来看我。马医仔细地做了检查，说：

“没什么大病，主要是疲劳过度。只要让他自在地休养半年，就能再继续干活了。但现在他的体力已经不剩多少了。”

“那这马只能报废了，”斯金纳说，“我可没有草场来养病马，最后好不好得起来都不一定。我的生意不是这么做的。我的规矩就是让他们干活干到干不下去，然后卖去屠宰场或其他地方，管他卖得了几个钱。”

“如果他是气喘病，”马医说，“你当然最好立刻把他处理掉，但他又不是。再过个十天左右有个马的拍卖会，你让他好好休息，喂得好一点儿，他状态能好一些，最后卖的钱总比你卖马皮要多。”

听了马医的建议，斯金纳——我想是挺不情愿地——叫人好好地喂我，照顾我。我运气真好，老板半心半意下的命令，马房的人花了十分的心意去完成。十天彻底的休息，饱餐了上好的燕麦、干草、糠麸糊糊，其中还拌了煮熟的亚麻籽，比什么都强，我的身体大有好转。加了亚麻籽的糊糊那么好吃，我开始觉得，活着毕竟还是比报废了好。

发生意外后的第十二天，我被牵到伦敦郊外几英里的拍卖会上。我觉得不管到哪儿都比现在强，只要能离开这个地方就行。于是我把头高高抬起，心里怀着最好的愿望。

第四十八章　农场主和孙子

在这个拍卖会上，我看到周围全是老弱的马儿，有的瘸了，有的得了气喘病，有的已经很老，还有一些我觉得应该仁慈地把他们射杀。

为那些可怜的牲口讨价还价的买家和卖家们，状况也好不了多少。有的是穷困的老人，想花几英镑钱买一匹大马或矮脚马，只要能拉拉木柴或煤车就行。有的是穷人，想把一匹干不动活的牲口卖上两三英镑，免得杀掉了皮和肉就换不到几个钱了。也许是贫穷和艰苦的日子，让他们中的很多人变得面目冷酷、铁石心肠。但也有一些人，我愿意为他们用尽最后的力量，那些人很穷，穿得也破，但善良又有人性，听声音我就知道可以信任他们。有一个步履蹒跚的老人很喜欢我，我也很喜欢他，但我不够强壮——

真是急死人！我注意到从卖好马的那边走过来一个人，外表像是一位乡绅，他身旁还带着一个小男孩。他的背很宽，肩膀很结实，头戴一顶宽边帽，红彤彤的脸庞十分和善。他走到我和同伴面前，站住了，用怜悯的目光看着我们。我看到他的目光在我身上停留，我的鬃毛和尾巴仍然很漂亮，给我的外表增色不少。我竖起耳朵看着他。

“这儿有匹马，威利，是有过好日子的。”

“可怜的老家伙！”那个男孩说，“爷爷，你觉得他以前是给自己家人拉四轮马车的吗？”

“对，我的孩子，”那位乡绅走近几步，“他年轻的时候一定很能干，你看他的鼻孔和耳朵，还有脖子和肩膀的形状，他是有血统的马。”他伸出手来在我的脖子上拍了拍。我把鼻子探出来，对他的善意做出回应。男孩摸了摸我的脸。

“可怜的老家伙！看，爷爷，他看得懂我们对他好。你能不能把他买下来，让他再变年轻，就像你对‘瓢虫夫人’那样？”

“亲爱的孩子，我不能让所有的马儿都变年轻，而且，瓢虫夫人不是很老，她只是被人虐待，体力耗光了。”

“但是，爷爷，我觉得这匹马也不老，你看他的鬃毛和尾巴。我希望你能看看他的嘴巴，然后你就知道了。虽然他很瘦，但他的眼睛没有像其他老马一样陷下去。”

老乡绅笑了：“上帝保佑我这孩子！他和他爷爷一样，也成了看马的行家了。”

“请你看看他的嘴巴，爷爷，然后问问价，我相信他在我们的草场上会变年轻的。”

把我带来卖的人这时开口了。

“这位小绅士真懂行，先生，果真是这样，这匹马是拉出租马车给累垮了的，他还不老呢。我还听马医说，给他自自在在地休养半年他就能好，而且他也没得气喘病。我照看了他十天，我从没见过比他更知道感恩、更讨人喜欢的动物。他绝对值您的一张五英镑钞票，也值得有个好起来的机会。我敢说到明年春天他就能值二十英镑。”

老乡绅笑了起来，小男孩着急地望着他。

“哦！爷爷，你不是说那匹小马驹多卖了五英镑吗？你买下这一匹，也不算多花钱啊。”

老乡绅慢慢地摸了摸我那又是浮肿、又有伤痕的腿，然后他看了我的嘴巴。“我说应该有十三到十四岁。请让他跑几步，好吗？”

我弯起我瘦巴巴的脖子，把尾巴稍微翘起来一点儿，然后尽量伸展四蹄跑了起来，因为我的腿已经很僵硬了。

“你最低要多少钱？”我回来的时候，那位乡绅问道。

“四英镑，先生，这是我家老板定的最低价了。”

“真会做生意，”老乡绅摇着头说，但还是掏出了钱包，“真会做生意！你在这儿还有其他买卖吗？”他边说边数出一个个金币，交到那人手里。

“没了，先生，你需要的话，我可以帮你把马牵到旅店里。”

“好啊，我这会儿就去。”

他们走在前面，马夫牵着我跟在后面。那个男孩开心得安静不下来，老绅士也很为他高兴。我在旅店好好地吃了一顿，然后由我新主人家的仆人小心地骑回去，到家后走进一个大草场，一角有一个牲口棚。

瑟古德先生——这就是我的恩人的名字——吩咐仆人每天早晚都喂我干草和燕麦，白天让我在草场上跑一跑。还有——“你，威利，”他说，“你必须好好照料他，他以后就归你管了。”

男孩得了这样的差使，十分自豪，便认真地履行起他的职责。他一天不落地来看我，有时把我从马群里喊出来，给我一根胡萝卜，或者其他好吃的；或者在我吃燕麦的时候站在我身边。他总是友善地跟我说话，不停地抚摸我，我当然就越来越喜欢他了。他叫我“老朋友”，因为我总是跟着他在草场上跑来跑去。有时他会叫上他爷爷一起来，老乡绅每次都会仔细地检查我的腿。

“这是最关键的，威利，”他说，“他恢复得很稳定，我想，到了春天，他就能大变样了。”

无忧无虑的休养和上好的食物，柔软的草皮和温和的训练，让我的体力和精神很快就恢复了。我从妈妈那里遗传了良好的体质，年轻的时候也从没干过苦活儿，所以，比起那些还没成年就开始干活儿的马儿来说，我恢复健康的可能性更大。这个冬天，我的腿好得很快，几乎让我感觉再次年轻了。春天来了，五月的一天，瑟古德先生决定让我试一试拉四轮轻便马车。我很乐意，他和威利赶车，走了几英里。我的腿已经完全不僵硬了，拉起车来十分轻松。

“他变年轻了，威利，我们必须给他干一些不重的活儿，到了仲夏他就能像瓢虫夫人一样健壮了。他的嘴巴很漂亮，步子也精神，真是再好也没有了。”

“啊！爷爷，我真高兴你把他买回来了！”

“我也很高兴，我的孩子，但他应该多谢谢你。现在我们得给他找一个有教养的、安静的家庭，一个能爱惜他的地方。”

第四十九章　我最后的家

在夏日的一天，马夫将我刷洗得干干净净，还打扮了一番。他干得那么仔细，我想我的生活又要迎来新的变化了。他给我修剪了距毛和腿，用刷子刷了我的蹄子，还把我的额毛分开梳在两边。我觉得挽具也额外擦过了。威利坐进马车时既着急又开心。

“如果那些女士们喜欢他，”老乡绅说，“她们就能得到一匹好马，马儿也能得到一个好家，我们必须试一试。”

从村子里出去一两英里，我们到了一座漂亮的矮房子，房前有草坪和灌木丛，还有一条车道通往门口。威利拉了门铃，问布鲁姆菲尔德小姐，或者艾伦小姐在不在。是的，她们在家。于是，威利和我在外面等，瑟古德先生就走了进去。大概十分钟后他回来了，后面跟着三位女士。一位很高，脸色很白，围了一块白色的披肩；旁边一位黑色眼睛、表情欢乐的女士扶着她；还有一位女士仪态端庄，那就是布鲁姆菲尔德小姐。她们都过来看我，还问了一些问题。年轻的那一位——就是艾伦小姐——非常喜欢我，她说她当然喜欢我，我的脸蛋那么好看。那个高个儿、脸色苍白的女士说，以前摔过跤的马来拉车，她坐着会害怕，因为我有可能再摔一次，如果真摔了，她恐怕就再也摆脱不了那种恐惧感了。

“女士们，你们看，”瑟古德先生说，“很多一流的马儿都曾因为赶车人疏忽而伤过膝盖，但马儿自己是没有过错的。从我对这匹马的了解来说，他也是这样的情况。当然了，我不想影响你们的判断。如果你们愿意，可以让他试几天，然后看你们的马夫对他是什么样的看法。”

“在马这方面，你一直都能给我们最有用的建议，”那位庄重的女士说，“我很认同你的推荐，如果我妹妹拉维尼娅不反对，我们可以让这匹马试几天，非常感谢。”

于是就这么定了，我第二天就要被送过去。

一个外表聪慧的年轻人早上过来接我，一开始他很满意，但当他看见我的膝盖的时候，他便失望地说：

“先生，我觉得你不应该给我们小姐推荐这样一匹受过伤的马。”

“你光要好看是没用的，得有真本事才算数，”我的主人说，“你只不过带他去试用，我能肯定你会好好对他，年轻人，如果他不如你骑过的其他马那样安全，你尽管把他送回来。”

我被牵回了家，安置在一个舒适的马厩里，吃过食以后就没事了。第二天，我的马夫在给我擦脸时，说道：

“这儿有一颗星星，就像黑骏马的一样，身高也差不多，不知道他如今在哪里。”

过一会儿，擦到我脖子上放过血的地方，那里的皮肤上留下了一个小小的节疤。他几乎惊呆了，于是上上下下把我仔细看了一遍，自言自语地说：“额头上有白色星星，右边一只白色蹄子，这里又有个小节疤——”然后他又看着我的后背中间：“我记得清清楚楚，这里有一片白色的毛，约翰把这块斑点叫作‘骏马的三便士’。这一定是黑骏马！天哪！黑骏马！黑骏马！你记得我吗？我是差点儿把你害死的小不点儿乔·格林！”然后他亲热地拍我，高兴得不得了。

我不能说我还能认出他，因为他现在已经是一个男子汉了，留着黑胡子，嗓音也是大人的了。但我能肯定他认识我，他就是乔·格林，我也非常高兴。我把鼻子伸到他面前，想让他知道，我们是朋友。我从没见过谁能像他那

么开心。

“给你公公正正地试用几天！那是当然的！不知道是哪个恶棍把你的膝盖摔坏了，我的老骏马！你一定在什么地方被虐待过。好了，好了，要是从今往后你过不上好日子，那一定是我的错。要是约翰·曼利也能看到你，该多好啊。”

下午，我套上了一辆矮轮子的游园单马轻便马车，来到门口。艾伦小姐想要试试我，格林就陪着她赶车。我很快就发现她是一个好车手，对我的步伐她也很满意。我听到乔把我的故事告诉她，说他能肯定我就是以前乡绅戈登家的黑骏马。

我们回来时，两个姐妹出来询问我的表现。艾伦小姐把她刚听到的故事告诉了她们。她说："我一定要写信给戈登夫人，告诉她，她最爱的马到我们家来啦。她会有多么高兴啊！"

之后的一个多星期里，我每天都出去拉车，我表现得很稳当，于是拉维尼娅小姐终于壮着胆子坐上带顶篷的马车出门了。后来她们决定把我留下,并且还用我的老名字"黑骏马"。

如今我在这里已经幸福地生活了整整一年。乔是天底下最熟练、最善良的马夫。我的工作又轻松又惬意，我感觉自己的体力和精神都在恢复。一天，瑟古德先生对乔说：

"在你这里，他能活至少二十岁——可能还更长。"

威利能过来的时候就来找我说话，把我当作他特殊的好伙伴。我的女主人们许诺永远不会把我卖掉，所以我没什么可担忧的了。我的故事到这儿就讲完了。我的磨难也结束了，我又有了家。有时在我半梦半醒的时候，就会觉得自己还在伯特威克的果园里，和我的老朋友们一起，站在苹果树下。

译 后 记

向丽娟

本书的主人公“黑骏马”是一匹毛色黑亮的骏马，右蹄是白色，额头上还有一块像星星一样的白色标记。他血统高贵，性格温顺，从小生活在一个善良的乡绅家，受过良好的训练，聪明机智，和主人家包括马夫都有很深的感情。但后来主人离开家乡，只能把黑骏马卖掉。之后黑骏马命运多舛，换过好多个主人，有的尽心尽力，但更多的是疏于照顾，甚至残忍暴力。在黑骏马的叙述下，读者感同身受地体验了各种酸甜苦辣的生活。但这匹马没有为命运的曲折而失望，也没有自暴自弃，而是依旧信任人类，坚强地活着，最终得到了一个好的归宿。

作者安娜·休厄尔一生只出版了这一本小说，但它征服了全世界的读者。安娜于 1820 年出生在英国诺福克郡，当时家境并不富裕，安娜的父亲艾萨克·休厄尔连续投资失败，又有抚养两个孩子的压力，家里十分拥挤，经济拮据。所幸安娜的母亲玛丽·休厄尔性格坚强，从不让生活中的种种挫折影响到家庭幸福。玛丽·休厄尔自己就是一位童书作家和诗人，著有《母亲的遗言》《父爱》《一个可怜的兄弟》等。当回忆起安娜出生那一天时，她写下了："那是五十八个平静的年头的开端，她给我带来了生命中无尽的欢乐。"

安娜的母亲靠写作补贴家用，还给安娜和弟弟菲利普买了很多读物，鼓励他们从文学中寻找乐趣，而不是为现实的阴霾无谓地愁苦。她更教育他们要热爱、尊重大自然，所以安娜和弟弟从来不怕各种动物、昆虫或是黑暗。安娜继承了母亲的艺术细胞和敏感的性格，和弟弟从小就成为母亲创作时的小帮手，不仅能帮助誊写、朗读，还能提出改进的建议。安娜还酷爱绘画，留下了很多描绘大自然美景的钢笔画和铅笔画。这些画水平很高，如果不是病痛早早地夺走了她的健康和活力，她也很有可能成为一个优秀的画家。

安娜在十二岁时被送去伦敦读书，但这段求学生涯在两年后便戛然而止，因为她在学校里摔倒，膝盖严重受伤，有限的医疗条件使她落下终身残疾。在母亲的日记里是这样记载的："我们都没想到她的未来将被蒙上另一层颜色，但她美丽的生活绝不会褪色。"之后安娜只得借助拐杖行走，或自己驾驭由一匹矮种马拉的马车。安娜的父亲在威斯敏斯特银行布莱顿分行做经理的时候，安娜每天驾车送父亲到车站，并且乐在其中。她对马儿十分温柔，从不用鞭子，驾车时只靠手腕的轻微动作和口中发出的指令，似乎和马儿心有灵犀。全家人到温泉小镇疗养时，认识了很多艺术家和作家，其中一位作家贝利太太拜访过他们，并向安娜提到卜施奈尔牧师写的关于善待动物、众生平等的文章。这篇文章在安娜创作《黑骏马》时一直萦绕在她心头，让她觉得值得对这本书倾注更多的心血。她于1871年开始进行创作，从创作到出版共花了六年的时间，大部分时间都是半躺在沙发上进行写作，病情严重的时候只能用铅笔写在纸条上，再由家人誊写一遍。在友人的回忆中，安娜总能平静地接受命运的安排，就像书里的主人公黑骏马一样，在逆境中也不灰心气馁。

安娜创作《黑骏马》的最大愿望是唤起善意和同情，让人们宽容地对待马儿，也为其他受虐待的哑巴动物发声。人和其他动物之间不应该是奴役与被奴役的关系、呵斥与被呵斥的关系，而且动物不会说话，不代表他们就不会在鞭打下感到疼痛，不会在辱骂下感到伤心。黑骏马享受过自由自在的生活，在草场上尽情奔跑，累了就在苹果树下休息乘凉，但只要有主人温和的话语和周到的照顾，他情愿戴上马具，做一匹工作马。但主人的抚慰也无法解决的，就是人们为了赶时髦而发明的支头缰绳。安娜反对这种缰绳，它会把马儿的头勒住，固定在一个高高昂起的姿势，不仅不能让马发足力气拉车，时间久了还会大大消耗马的精力，让马烦躁不安，受到不必要的鞭打和惩罚，患上难以治愈的疾病。

另外，对马儿不多加爱护，过度劳役，也会让马患上呼吸道疾病、关节病等。干不了重活累活的病马很快就会被主人抛弃，流落到更悲惨的境地，要么活活累死，要么直接被贱卖给收购马肉和马皮的屠宰场。幸运的是，随着小说的流行，支头缰绳逐渐被废弃，或被限制使用范围。书里另一类人赶时髦，却让动物受罪的事例就是把马、狗的尾巴剁掉，把小狗的耳朵剪掉一半，好让耳朵“立起来”。对这些流行至今的虐待行为，书里借一匹老马之口犀利地抨击道：“人们怎么不把自己孩子的耳朵剪得尖尖的，让他们看起来更精神？怎么不把他们的鼻尖削掉，让他们看着更勇猛？动物和人是一样有感觉的啊。他们有什么权利折磨、破坏上帝的创造物？”

安娜不仅关心动物，也关心生活在底层的人类，对弱势群体显示出极大的同情心。她在日记中写道：“当我想到拉出租车的马儿的时候，我自然也会想到出租车马夫；我很想把他们的真实生活状况和面临的困难也写下来。”她和一位在家门口待客的出租车马夫交谈，了解他们生活的艰苦。这在“破烂山姆”的故事里有详细的描写。车夫要给车行老板交一大笔份子钱，之后要想赚钱，只能无情地奴役马儿，结果是两败俱伤，得益的只有车行老板。像“破烂山姆”那样的底层人民是无法对抗大环境、改变自己命运的。比如：礼拜天坐出租马车上教堂的人们，不管他们是不是真正的基督徒，是不是真正理解礼拜天的意义，他们都没意识到，在礼拜天叫了出租马车，就等于剥夺了马儿和车夫的休息日。很多时候，一个社会是否健康，从它对待弱势群体的态度上就可以看得出来：对完全无法自保，也不了解人类的行为和动机的小动物，是当作泄愤的玩物，一时兴起拿来消遣，然后抛弃，还是尽职尽责，陪伴终生？对这辈子只能做最低级的体力劳动，无力改善处境的人们，是讥笑、打击，还是予以理解，帮助他们发声，共同寻求出路？

《黑骏马》的出版轰动了欧洲，引起人们对动物福利的思考并采取实际行动，证实安娜·休厄尔最初写书劝世的目的达到了。一百多年过去了，《黑骏马》依然是最畅销的英文小说之一，还保持着经久不衰的魅力，感动一代又一代读者。

（本文作者系资深译者，翻译过《深海疑云》《帝国废墟》等数部获奖文学作品。）

附录一

作家档案

安娜·休厄尔于1820年出生在英国诺福克郡，父亲是投资者兼银行经理，母亲是童书作家和诗人。安娜从小热爱大自然，对马更是有特殊的情感。她在十四岁时膝盖意外受伤，之后只能借助拐杖行走，外出总是坐自己心爱的一匹马拉的车。就是这多年和马相处的经历给了她创作的灵感，于是她从1871年开始写一部以动物为主人公的小说——《黑骏马》。书中很多马的生活习性和驾驭马的方法，都来源于作者的亲身感受，而且安娜也和书里描写的那位悄然而至劝说马夫不要虐待马儿的不知名淑女一样，看到马遭受不公平对待，她都会上前劝阻。在母亲的帮助下，安娜的《黑骏马》在1877年顺利出版，但安娜由于多年的病痛折磨，在书出版后几个月就去世了。这部被她戏称为“小小的一本书”的作品，后来却成为世界经典动物故事，不仅大受读者喜爱，而且逐渐改变了劳役用马的生活状况，促使人们关注动物福利，之后更是催生了很多以善待动物为主题的小说。可惜安娜没有见到这一切。

《黑骏马》是安娜·休厄尔的唯一一部小说，当时在欧洲就引起了巨大的反响，一直到现在都名列最畅销的英文小说前十位，被誉为“第一部真正的动物小说”。

附录二

作品万花筒

《黑骏马》描写了一匹马的故事。黑骏马渐渐认识到家养动物的生老病死其实都掌握在人的手里。他屡次更换主人，有无视马儿的痛苦、硬要使用支头缰绳的蛮横女主人；有对养马一窍不通、疏于照料的粗心主人；更有只将马儿视为工具，将他们精力耗尽后卖给屠宰场了事的出租马车行老板。在重活的摧残下，黑骏马逐渐失去了健壮、美丽的体形，患上各种疾病，但依旧勤勤恳恳，在最绝望的时候也不反抗，只求能在干活时倒下死去，再也不受折磨。黑骏马吃了十多年的苦，最后终于苦尽甘来，得到一个好归宿。

有人认为，世界上第一本让“哑巴动物”开口说话，拥有不同情感和性格的儿童小说，就是《黑骏马》。这本动物自传开了拟人化动物小说的先河，描写真实感人，让读者的心为主角多舛的命运所牵动，更将动物福利这个问题带到了公众的视线中，进而加速了西方世界对动物保护法的修订，促进了对动物福利的积极讨论。因此，人们常将它和“一本引发了美国南北战争的书”——《汤姆叔叔的小屋》相提并论。

在英国，《黑骏马》不仅是家喻户晓的儿童读物，还在动物保护组织的努力下一本本地被送到马车行老板、农民和马童手里；出版后两年，光在美国的销量就达到了一百万册。据 2008 年 2 月 29 日的《泰晤士报》统计，《黑骏马》至今已售出五千万册，排在最畅销的英文小说前十位，也是世界上最畅销的图书之一。

随着小说的热卖，《黑骏马》也不断地被改编为十几部电影、连续剧、动画片和有声书。最早的一部改编作品是 1917 年的默片，名为《你顺从的仆人》，四年后增添镜头并重新发行时改名为《黑骏马》。导演是当时著名的爱德华 • H. 格里菲斯。另一部英国拍摄的《黑骏马》也在 1921 年上映，瑞典电影巨匠英格玛 • 伯格曼就是受这部电影启发而走上了电影导演的道路。1946 年由二十世纪福克斯电影公司发行的《黑骏马》获得了一致好评，据说片中扮演黑骏马的公马福尔瑞是当时酬劳最高的动物演员。1994 年华纳兄弟摄制的版本最忠实于原著，让马儿开口说话了。

1992年普利策小说奖获得者，作家简•斯迈利非常喜欢《黑骏马》。她说："《黑骏马》帮助人们从全新的视角来看待动物。当人们想到动物也有感情的时候，就很难对它们做出残忍的事情。这本书教给读者，世上有那么多生命，你不可以把动物当作没生命的物体来对待。"